# 調味料《スキル》は意外と使える

Skill CHOMIRYO ha igai to tsukaeru

Toroneko
トロ猫

ill.
星夕

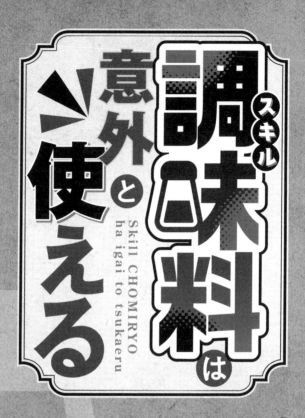

CTERS

Skill CHOMIRYO
ha igai to
tsukaeru

## ジョスリン

ゴブリンに捕まっていたところを
リツに助けられた少女。
声が大きい。

## キモイ

リツが出す粉砂糖が大好物の、
食いしん坊スライム。
名前に反して愛らしい。

## 八《や》代《しろ》律《りつ》

本作の主人公。
仕事帰りにエレベーター事故に巻き込まれ、
死んでしまう。
ポンコツタッチパネルのせいで、
まさかのスキル「調味料」を得て異世界に転生。

???
リツの命を狙う、謎の子供。
不気味ながらも
神秘的な雰囲気を持つ。
マチルダ
冒険者パーティー
「銀狼の剣」の最年少メンバー。
無口だが意外と優しい。
ライリー
冒険者パーティー
「銀狼の剣」の頼れるリーダー。
実は戦闘狂。

# 0　プロローグ

**『個体名八代律《やしろりつ》の選択が決定しました。これで入力を終了します。良い転生をご堪能《たんのう》ください』**

女性の声で流れる機械音声に焦《あせ》りながら叫ぶ。

「待ってくれ！　俺はこんなの押してない！　おい！」

目の前にあるＡＴＭのようなタッチパネルの機械を揺らすが、無反応だ。これはさすがに酷《ひど》くないか？

徐々に身体が薄くなっていき、視界は段々と白くなり、意識が遠くなる。

勘弁《かんべん》してくれ。こんな訳の分からないスキルでこれからどうやって生きるんだよ。

◆　◆　◆

謎の転生をする少し前、放置していた虫歯の治療で歯医者を訪れていた。

数日の激務が続いていたので、この歯医者の待合室で流れるクラシック音楽は非常に眠気を誘う。

「八代さーん。八代さーん？」

八代……！　俺だ！　くっ付きそうになっていた目を開け、眼鏡《めがね》をかけ直し、受付の支払い口へ向かう。

「八代さん、今日もお疲れですね」

受付の二十代半《なか》ばの女の子が笑顔で言う。今日はピンク色のマスクか。マスクって凄《すご》いよな。それだけで、誰でも凄く美人に見えてしまう。この子は元々可愛いのだろうが、マスク効果で余計に美人に見える。

「はは、まぁ……はは」

「こちらが、今回の治療費になります。ご確認お願いします」

「ああ、はは、ありがとう」

俺、気持ち悪い笑いは今すぐにやめろ。受付の子も苦笑いしているだろ。自分にそう言い聞かせ、差し出された請求書を真顔で確かめる。
グ、分かってたけど、高いな。
仕事が忙しく、虫歯を治療する時間がなかったおかげで余計な出費だ。

料理はする気分じゃないな。今日はコンビニにでも寄ってくか。トレーに載った釣りを財布に仕《し》舞《ま》いながら欠伸《あくび》をすると、受付の子に念を押される。

「八代さん、三十分は食べ物を控《ひか》えてくださいね」

「あ、はい」


歯医者を出て、コンビニで弁当と酒を買い物カゴに入れる。

「お！　ここのコンビニ、駄菓子《だがし》も売ってるのか」

思わず声を出してしまい、他の客にジロジロと見られる。他の客と視線を合わせないように駄菓子を手に取る。懐かしいな。いくつか買っていくか。適当に駄菓子を選び、レジへ向かう。

「イラッシャイマセ。オベント温メマスカー」

「あー、はい」

支払いを済ませ、温めた弁当を受け取るとコンビニを出た。

明日は、土曜日だ。やっと一週間が終わった。


「クソ疲れたな」

家に帰っても洗濯物の山にベッドのシーツは――いつ洗った？　面倒だが、溜まったゴミ出しくらいなら今日中にできるか。閉まりそうなマンションのエレベーターに滑り込み、ため息をつくと急に声をかけられた。

「こんばんは」

人が乗っていたのか……エレベーターに乗っていたのは、何度か見たことのある同じ階に住む女子大生だった。

「ど、どうも」

女の子との密室は緊張する。なんだよ、この甘い匂いは……。

女子大生が静かに尋ねる。

「あの……何階ですか?」

「あ、十階で、お願いします」

女子大生を見ると視線を逸《そ》らされた。凝視《ぎょうし》はやめよう。変質者扱いをされたくない。

エレベーターが二、三階と上がっていく。四階を通る窓の狭間《はざま》から、小さな子供が下を向きながら扉の前で待っているのが目に映る。五階にも六階にも同じ子供がいる。

――なんだ?

七階にも立つ同じ子供……不気味すぎるだろ。一緒に乗った女子大生は、特に反応しない。もしかして俺、疲れているのか?

八階、エレベーターが通り過ぎる寸前に子供と目が合う。こちらを見上げてニヤリと笑う口角の上がり方に背筋《せすじ》がゾクリとした。女子大生に声をかけようとすると、大きな音とともに一気に浮遊感がする。

「キャー、助けてー」

女子大生の叫び声に我に返り手すりを掴《つか》む。

これ、エレベーターが落下しているのか? 金属が擦《こす》れる嫌な音は緊急ブレーキか? 身体の自由が利《き》かず、手すりから手が離れ、急いで何かに掴まる。

エレベーターが急停止する。助かったのか?

「あの、離してください」

「おっ。すみません!」

咄嗟《とっさ》に女子大生に抱きついていた。ジェットコースターとか苦手なんだよ。

女子大生の感触が残る手を眺める。女の子ってこんなに柔らかかったか？　久しぶりすぎて分からないが、こう、フワッとしてたなぁ。

不安そうに女子大生が尋ねてくる。

「私たち、助かったのですか？」

「緊急ブレーキが作動して、止まったみたいだが……とにかく助けを呼びましょう」

備えられた非常ボタンを押すが、何も反応がない。困ったな。スマホは圏外か。

「外と連絡がつかない。俺のスマホは圏外だ。そっちは？」

「私も圏外です」

「困ったな」

ため息をつく。こんな事態、どうすればいいか分からないのだが。ここは何階だ？　表示は六階になっているが……エレベーターの窓からは何も見えない。

「あの、何か聞こえませんか？」

「ん？」

「ほら、女の子の声？　何か歌ってるような」

女子大生にそう言われ、耳を澄《す》ます。確かに女の子の鼻歌が聞こえるな。この曲は、さっき歯医者で流れていたクラシック曲か？

「おーい！　誰かいるのか？　聞こえるか？」

鼻歌が止《や》むと今度は、女の子の甲高《かんだか》い笑い声が聞こえた。

不気味なその笑い声に女子大生と目を見合わせる。笑い声は徐々に近くなり、真上から嘲笑《あざわら》うかのように子供たちの声が無数に聞こえた。

「誰だ！」

「あと三秒でバイバイだよ」

「は？　何を言ってやがる」

「さーん、にー、いーち……」

急に始まった子供たちのカウントダウンが終わった途端《とたん》、エレベーターが再度急降下、今度は停止することなく落下した。

大きな地響きとともに全身を強く打ち、息ができない。

「かはっ」

口から血を吐いたのか？　全身が痛くて動けない。

「はぁはぁ、ク……ソ」

息をするのも辛《つら》い。女子大生は無事だろうか？　真っ暗で何も見えない。指を動かす力もない。

俺は、ここで死ぬのか……。

嫌だ。大した人生を送ってきたわけではないが、まだ死にたくない。もう少し、俺もちゃんとしていたら、今頃は結婚して子供もいたのだろうか？

走馬灯《そうまとう》のように自分の人生が脳裏を巡《めぐ》る。

人との付き合いも適当で友達と呼べる人もいない。彼女ができても、いつも面倒になり自然消滅した。最後に親と会話したのがいつだったのかも覚えていない。親孝行もせずに……最低な息子だな、俺は。

身体の痛みはもう感じない。

これが『死』なのか……？

ここで死ぬのか……これで終わりなのか……。

ゆっくりと瞼《まぶた》を閉じ、遠ざかる意識の中で願った。

……次の人生があるなら、平凡な人生ではなく、せめて最期には人生を満喫したと思える、スパイスのある人生を送りたい、と。

◆　◆　◆

『**入力をお願いします**』
『**入力をお願いします**』
『**入力をお願いします**』

機械的な女性の声が繰り返し流れるのが聞こえる。

何度もうるせぇな。声がしたほうに寝返りをして目を開けると石造りの床の上だった。

「は？　なんだ、ここ」

起き上がり辺りを見回すが、何もない真っ白な部屋にいた。

**『入力をお願いします』**

何もないは嘘だ。壁に埋め込まれたタッチパネルがある。

「なんだ、これ」

エレベーターが落下して、それから俺は死んだと思ったが……これは、もしかして夢なのか？

連勤で疲れてたからなぁ。帰って、寝落ちしたのか？

**『入力をお願いします』**

それにしては、あのエレベーターで打ちつけた全身の激痛は到底夢とは思えない感覚だった。あれは確かに現実だった。ならこれは夢ではないのか？

自分の身体を確認すると、白いシャツとズボンと……腕はやや透けている。

「おいおい、なんで腕が透けてるんだよ」

腕を触ると感覚はあるが、透けているのが気持ち悪いな。

辺りを再度確認する。部屋には見渡す限りタッチパネル以外は何もない。

「まずは、どうにかここから出たいな」

謎の部屋から出ようとするが、どの方向へ歩こうがタッチパネルの前に戻ってくる。

**『入力をお願いします』**

なんだよ、これ。

タッチパネルの前に立つ。銀行のＡＴＭに似ている。白だっただろう枠組部分が黄色く変色しているので随分《ずいぶん》古いな。

「お？」

**『名前をご入力ください』**

さっきと反応が違う。誰かが監視してるのか？　画面の右上にヘルプボタンがあるので、まずはヘルプだな。

**『お困りでしょうか？　質問をご入力ください』**

あーと。そうだな……まず、ここがどこなのかだな。

**【ここはなん】**

おいおい。五文字しか打てないのか？

**『申し訳ございません。【ここはなん】の回答が見つかりませんでした』**

気を取り直して再度入力する。

**【ここどこ？】**

**『ここは転生の間です』**

転生の間？　やはり俺は死んだってことか？　これ、漢字変換可能なのか。それなら……。

**【俺死んだ？】**

**『はい。十月十日午後八時二分死亡が確認されました』**

そう、だよな。あの痛みはさすがに夢ではないよな。転生の間ってことは、また一から地球で人生を始めるか？　それともラノベのように異世界に転生してウハウハコースか？

**【どこ転生？】**

**『転生惑星は選択可能です』**

場所の選択ってことは地球以外もあるのだな。

**【記憶残る？】**

**『記憶の有無は選択可能です』**

記憶残すかは一択だな。

**【神様いる？】**

**『エラー』**

なんだよ、エラーかよ！

だが、これは明らかになんらかの神的な力は働いているよな？　それはそうと確認をしなければならないことがある。

**【女大丈夫？】**

『**転生時の性別は選択可能です**』

違う違う。俺は、あの女子大生が大丈夫なのかを聞きたいんだよ。

**【女は無事？】**

『**転生時の性別は選択可能です**』

**【女どこだ？】**

『**転生の選択肢の後、性別から選択可能です**』

くそっ。俺のことか入力内容の回答しかできないのか？

しかもこのタッチパネル、反応がクッソ遅い。文字もタッチした場所とは違う反応なんで超絶に打ちにくい。最悪だな。こいつからはもう少し情報が欲しい。

**【お前誰だ？】**

『**転生の間、入力パネル一号。製造番号壱《いち》です**』

**【ここ出たい】**

『**入力をお願いします**』

タッチパネルはそう言うと、初めの画面に勝手に切り替わった。

「おいおいおい。何を勝手に初めの画面に戻ってやがる。あれ？　ヘルプボタンが消えてやがる。

マジかよ……」

『**入力をお願いします**』

ぐはっ。最悪だ。仕方ない……入力しない限り、この部屋からは出られそうにない。不本意だが

【入力を開始する】を押す。

『記憶を残す』『記憶を抹消《まっしょう》する』

もちろん、記憶は残す。

『名前を入力してください』

【八代　律】

『性別を選択してください』

【男】

『転生先を選択してください』

転生先の選択肢……実質一カ所しかないのだが。このラーディラって場所以外が文字化けして押せねぇ。迷っていたら【ラーディラ】と勝手に決められ次の選択肢に進んだ。

ラーディラってどこだよ！

『種族を選択してください』

種族？　ずらっと並んだ種族の選択肢がパネルに表示される。

『人族』『上位人族』『魔族』『エルフ』『ドワーフ』『獣人族』『精霊族』

種族の選択肢が多いな。これ、転生先はファンタジー的な異世界決定だな。

人族系以外の選択肢を開くとさらに細かく種族が分類されていたが、どれも選ぶことはできなかった。後に進化可能ということか？　それなら進化をすでにしている上位人族にしよう。

【上位人族】

『年齢を入力してください』

【21】

年齢は自分の年の31と入力しようとしたが、タッチパネルの不具合で21になる。タッチパネルは削除しも取消しも不可能で次に勝手に進んだ。これは別に問題ないな。若返る分には文句はない。

『容姿を選択してください』

【おまかせ】

これもタッチパネルのバグで変更不可だ。平均的な容姿をお願いしたい。

『それでは、ステータスを振り分けてください。振り分けポイント残り31』

これはもう完全にゲームの世界だな。最近は忙しくてゲームとかしてなかったからなぁ。ヘルプボタンもないから、とりあえず均等に振り分ける。

LV：5
HP：6
MP：5
ATK：5
DEF：5
LUK：5

まぁ、こんなものか。ＭＰは魔力だよな？　魔法が使える世界かよ。楽しくなりそうだな。

**（レベルが１上がりました）**

**（レベルが１上がりました）**

**（レベルが１上がりました）**

**（レベルが１上がりました）**

**（ポイントが50付与されました）**

うわっ。なんだ、この頭に響くタッチパネルの声と似た機械音は。レベルが上がるごとに10ポイント入るということか。それだったら31ポイント全《すべ》てをレベルに注ぎ込めばよかったな。もちろん、元には戻せない。失敗したな……。

この追加の50ポイントの振り方も分からない。このシステム、不親切すぎないか？

「おい！　少しくらいはチュートリアル的な説明はないのか？」

タッチパネルの画面は切り替わり、俺の質問なんぞ無視してさっさと次へ進む。

**『コモンスキル３、レアスキル２、ユニークスキル１を選択してください』**

どうやら、後ろに書いてある数のスキルを選ぶことができるようだ。

コモンスキルの表示を押すと長いスキルのリストが表示された。

「選べるスキルのリストが三百個もあるのか？　これは、選ぶのに時間がかかりそうだな」

それぞれのスキルを押すと、簡単な説明が添えられている。剣術や棒術は理解できるのだが……よく分からないスキルが多いな。例えばこんな感じだ。

**【虫取り】　虫を取り籠《かご》に入れる**
**【ベッド召喚】　ベッドを召喚する**
**【W．C．】　どこでも用が足せる**

なんのためのスキルだ？　トイレはありがたいが……スキルで選ばなくともその辺でできるだろ？

タッチパネル同様にスキルも適当なものが多いのだろう。悩んだ末に決めたコモンスキルは【治療】【生活魔法】【索敵《さくてき》】だ。

小さな怪我《けが》でも死ぬ可能性がある。怪我を治すスキルは必須だ。生活魔法は便利だからという理由で選んだ。索敵は、他のコモンスキルが謎すぎて選ぶものがなかった。一番くだらないと思ったスキルはこれ――。

**【拍手】　大きな拍手ができる**

なんだよ、それ。大きな拍手は、スキルなんかなくともできるだろ。一体どこで使うんだよ。それとも使いようがあるのか？　あったとしても説明不足なのでこれは選ばない。

レアスキルは、選択肢が減り五十個のスキルの中から選ぶ。選んだのは、【鑑定】【風魔法】だ。火、水、土魔法も捨てがたかったが……『どちらにしようかな』で決めた。

スキルの選択肢の中にアイテムボックスがないのが非常に残念だ。一番に必要なスキルだと思うのだがな。

ユニークスキルの選択肢は五つだ。

【聖者《せいじゃ》の衣《ころも》】　聖者の衣を纏《まと》う。衣を纏っている間は、全ての攻撃を防御
【千里眼《せんりがん》】　全てを見抜く眼
【魔物召喚（全）】　全ての魔物を召喚《しょうかん》
【神の剣】　神の剣を持てる剣聖《けんせい》。剣術レベル五倍アップ
【調味料】　調味料

最後の調味料ってなんだ？　説明も調味料のみの記載だ。

他のスキルは結構チートっぽいな。魔物召喚はまるで魔王だな……待て、まさか魔王がいる世界なのか？　乱世を生き抜くとかいう苦行《くぎょう》は普通に嫌なのだが。

取得したスキルには攻撃系が足りていない。剣聖になれたら、カッコイイし戦乱の世でも生き残

れそうだ。よし！　剣聖で第二の人生をチートに楽しく生きよう。

迷わず【神の剣】を押すが選択された文字に目を見開く。


**【調味料】**

ん？　待て待て。タッチパネルの不具合で何故《なぜ》か神の剣ではなく、隣にあった調味料が選択される。クソッ。前の画面に戻ることも調味料を取り消すこともできない。

**『個体名八代律の選択が決定しました。これで入力を終了します。良い転生をご堪能ください』**


「おい！　嘘だろ？」

タッチパネルを激しく叩くが、徐々に目の前が真っ白になる。

「待ってくれ！　俺はこんなの押してない！　おい！」

意識が徐々に遠のいていく。

勘弁してくれ、こんな訳の分からないスキルでこれからどうやって生きるんだよ。

# 1　チュートリアルは？

真っ白だった視界に色が付き始める。目の前に広がるのは見渡す限りの草原だ。

「いきなり大自然だな、おい。ここ、どこだよ」


**【ラルジェの草原】**


「びっくりした！　なんだ、これは？」

急に目の前に現れた小さなスクリーンに触れることはできない。ラルジェの草原？　ラーディラはどこへ行った？

まずは確認だ。ゲームならステータスか？　ステータスと唱えたが何も起こらない。

「ステータスオープン」

出た！　ヴォンという音とともに目の前に現れた俺のステータスだ。どれどれ。

［ヤシロ　リツ］　21歳　上位人族
Ｌ　Ｖ：　5

ＨＰ：　6（＋50）
ＭＰ：　5
ＡＴＫ：　5（＋50）
ＤＥＦ：　5（＋50）
ＬＵＫ：　5
ポイント残高：　50
スキル：　【治療】【生活魔法】【索敵】【鑑定Lv1】【風魔法Lv1】
【調味料Lv1】
上位人族スキル：　【言語】【アイテムボックス】【能力向上】

おお！　上位人族スキルが凄いな。言語とか考えてもなかったが、確かに言葉が通じないと詰むな。アイテムボックスも助かる。スキル選びの時に選択肢になかったから疑問に思っていたんだよな。ＨＰとかに付いてるプラス50は、種族の力の補正か。名前は結局カタカナになるのかよ！　漢字で入力させる意味あったのか？

それに――。

「くっ。調味料……」

ほんとに調味料を出すだけのスキルだったら、頑張って他のスキルを伸ばすしかないな。身を守れる戦闘用のスキルが一つ、風魔法しかないのは痛い。

それにしても魔法か。ワクワクするな。早速、風魔法を使ってみるか。現在使用可能の魔法を確認するためにそっとパネルに触れる。ステータスパネルは触れることが可能のようなので、風魔法を押してみる。

**【風魔法Lv1】　　そよ風**

そよ風……嫌な予感しかしない。唱えれば魔法は使えるのか？　分からないが、そよ風を唱えてみる。

「『そよ風』」

身体が少し熱くなり、前に出した手のひらから風魔法のそよ風が出て優しい風が吹く。

「って、おい！　即死コースじゃあねぇか！」

これ、俺、絶対また死ぬな——と、十分ほど草原を眺めながら黄昏《たそがれ》る。

そよ風……絶望的だ。だが、絶望していても何も始まらない。今は、自分の持っているスキルでどうにかするしかない。

スキルを一つずつ確認する。

**【言語】　　全ての言語**

これは便利だな。ここがどんな世界かも分からないが、国も言語も様々だろう可能性が高い。国か……テンプレだと中世レベルの時代とかか？

次のスキルを確認する。

**【生活魔法】**　**ウォーター**
**クリーン**
**ライト**
**ファイア**

生活魔法、便利だな。選んでいて正解だった。試しにウォーターを唱え、水を出してみる。

「おおお。本当に水が出た」

そよ風よりも実感のできる手のひらに現れた水を一口飲む。ちゃんと飲料水だ。

**【鑑定Lv1】**　**対象の名前**

レベルアップすると他に何が見えるんだ？　そもそも、どうやってレベルアップするんだ？　鑑定をしまくるのか？

【アイテムボックス】　木剣《ぼっけん》×1、ナイフ×1、パン×10、銀貨×1、銅貨×3

すでに中に物が入ってんのか。ラッキーだな。アイテムボックスの容量はどれほどなんだ？　同じ種類の物は今のところは十個まで入りそうだな。

アイテムボックスの中身はどうやって出すんだ？　チュートリアルもないのか……。

「アイテムボックス」と唱えると、丸い宇宙空間が目の前に現れた。ここに手を？　と、一瞬躊《ちゅう》躇《ちょ》したが、宇宙空間の中に手を入れる。

「変な感覚だな」

宇宙空間の中はひんやりとした感触で、吸い込まれる感覚がなんとも言えない。

取りたい物を思い浮かべながら宇宙空間から木剣を取り出す。凄いな。これ、俺の思っていることが分かんのか。一体どうなってるんだ？

取り出した木剣は普通だな。そうだ、鑑定してみるか。

【木剣】　木で作られた剣

思った通り、ただの木剣か。

パンと硬貨、それからナイフを次々とアイテムボックスから取り出す。パンはやや硬くバゲットだ。一個の大きさが両手で持たないといけないほどデカいな。

ナイフも普通のナイフだ。銅貨は模様があるが擦《こす》れていてよく見えない。銀貨は十字架に王冠の模様がある。しかし、この雑な鍛造《たんぞう》の仕方……ここの時代設定は、異世界のテンプレ通り中世レベルの可能性が高いな。

次のスキルを確認する。

【索敵】　周囲100m《メートル》の索敵

索敵を唱えると脳裏に周辺の地図が浮かんだ。特に何も表示されていないので、敵はいないのだろう。地図はありがたいが、草原だと百メートル先は裸眼《らがん》でも余裕で見える。

「は？」

待て。裸眼で見えるだと？　俺は視力が悪く眼鏡が必要だった。これも種族の恩恵なのか？　こんなに見えるのはすげぇな。索敵も障害物がある場所だと便利だな。

次のスキルを確認する。

【治療】　傷の治療

これは嬉しいな。どこまでの傷が治せるのだろうか？　怪我しないことが一番だな。

さて、次はこれか。

【調味料Lv1】　塩

「塩」と唱えると片手いっぱいに塩が現れる。容れ物はなしか。本当に調味料のみしか出ないのだな。このままこの塩をアイテムボックスに入れられるのか？

塩をアイテムボックスにそのまま入れると、手のひらから全て消えていた。

【アイテムボックス】　木剣×1、ナイフ×1、パン×10、銀貨×1、銅貨×3、塩

グラム表示とかはなしか？　どれほどの量が入るのか分からないのは不便だな。

残りはあと、上位人族の種族スキルか。

【能力向上】　レベルアップ速度二倍
　　　　　　身体能力UP

おお。これは、チートっぽいな。選んでいて良かった上位人族。この身体能力UPがステータスにある＋50ってことか。

「スキルはこんなものか」

スキルの確認を終了、次にポイントの割り振りをするか。もちろん、レベルに全て――。

「あれ？　なんでだ？」

レベルにポイントを割り振れない。

もしかして、あれは初回ボーナスだったのか？　あの時、レベルにポイントを全振りしなかったことが悔やまれる。悔やんでも仕方ない。次だ、次。

「ステータスオープン」

【ヤシロ　リツ】　21歳　上位人族
ＬＶ：　5
ＨＰ：　6（＋50）
ＭＰ：　3／5
ＡＴＫ：　5（＋50）
ＤＥＦ：　5（＋50）
ＬＵＫ：　5
ポイント残高：　50

ＭＰが減っている。そよ風と塩の魔法を使ったからか？

風魔法でもう一度そよ風を出してからＭＰを確認すると2に変わっていた。次に生活魔法で水を出す。ＭＰは先ほどと同じ2のままだ。生活魔法は、ＭＰの消費はナシか。鑑定もＭＰの減りはない。

ステータスの風魔法と調味料を再度確認、そよ風と塩を押すとＭＰの消費量が現れた。

**【風魔法Lv１】　そよ風／ＭＰ１**
**【調味料Lv１】　塩／ＭＰ１**

そよ風も塩もＭＰ消費は1か。ＭＰが0になったら、どうなるんだ？

レベルアップで追加した50ポイントを全て振り分ける。

「こんなもんだな」

**［ヤシロ　リツ］　21歳　上位人族**
**ＬＶ：　5**
**ＨＰ：　30（＋50）**
**ＭＰ：　12／15**
**ＡＴＫ：　10（＋50）**
**ＤＥＦ：　10（＋50）**
**ＬＵＫ：　11**

**ポイント残高：　0**

ＨＰにはポイントを一番多く振り分けた。木剣以外の攻撃手段がない今、死ぬ確率を下げる最善の手段としてＨＰが高いほうが良いだろう。種族補正を考慮《こうりょ》しても、できるだけＨＰは高くしておきたい。

さて、ステータスでやることは終わった。どこか人のいる場所へ向かうか。

辺りを見渡すが――大自然！　大草原！

道路的な舗装《ほそう》もなさそうだ。人もだが獣《けもの》が通った跡もない。

「これなら、右も左も同じだな」

よし、木剣の倒れたほうに進もう。

◆　◆　◆

木剣の倒れた右方向に三時間ほど進んだが、景色は一向に変わらない。太陽を見る限り、地球と同じ条件なら今は大体昼頃か？

さらに二時間変わらない光景の草原を進むと、やっと森が遠目に見えた。数時間歩き続けたが不思議と疲れは感じない。今さらだがこの身体、以前の俺のじゃないな。薄々《うすうす》気づいていたが、身長や足幅が以前とは全く違う。それに身体が軽い。

顔は『おまかせ』の容姿なんだろうな。後で確認しよう。

それより今は腹が減った。飯にするか。アイテムボックスからバゲットを出し齧《かじ》る。

「硬《か》ってぇな、おい！」

生活魔法のファイアでバゲットを炙《あぶ》る。改めて、いただきます。

バゲット、味がねぇな。持っている塩を振ると、まぁ食えなくない。大きすぎるので丸一個を食うのは無理だ。残りは後で食うか。

腹も満たしたので森へ向け歩くが、数歩進んだ場所でベチョという音が足元からする。どうやら何か踏んだようだ。

「あ？　なんだこれ？　汚いな」

ドロドロとした物が靴《くつ》に付いている。ヘドロでも踏んだのか？　鑑定をする。


**【水属性スライム】**


おお！　これスライムなのか？　ここには魔物がいるのか。スライムは、思ったより……なんだ、原形を保っていない。どう見ても、掃除しなかったプールの底にあるヘドロだ。

ヘドロの中から光る物を発見、鑑定をする。


**【水属性スライムの核】**

核か。これ、何かに使えるのか？　とりあえず拾っていくか。スライムの核をアイテムボックスに入れる。

周囲に索敵をかけると、ポツポツと赤い点が表示されていた。これが敵のマークか。

赤い点が表示された位置を確認すると、先ほどと同じ水属性のスライムがいた。こちらの奴は原形をとどめているがふにゃふにゃとしている。さっきのスライムは踏んで倒したようだが、こいつはこの核の紫のゼリーを狙うのか？　ものは試しだな。木剣で一気にスライムの核を刺してみる。

核を刺すと、スライムは踏んだ奴と同様にヘドロの状態になり地面にドロドロと溶けた。

調子に乗って、草原の索敵で発見したスライムをどんどん倒す。スライムは、大した攻撃も反撃もしてはこない。

スライム倒しにも飽きた頃、頭の中で機械音のアナウンスが流れた。

**（レベルが1上がりました）**
**（ポイントが10付与されます）**

アイテムボックスに入れた核の数を確認する。倒したスライムは合計で二十体だった。レベル表示は画面にはメーターが付いているが、細かい数字までは表示されていない。あの白い部屋にあったタッチパネル同様、不親切なシステムだ。

ステータスをオープンする。

「あれ？　ＭＰが回復してる。レベルアップで回復したのか？」
とにかく、ポイントを振り分ける。

**［ヤシロ　リツ］　21歳　上位人族**
**ＬＶ：　6**
**ＨＰ：　35（＋50）**
**ＭＰ：　15**
**ＡＴＫ：　15（＋50）**
**ＤＥＦ：　10（＋50）**
**ＬＵＫ：　11**
**ポイント残高：　0**

振り分けは、ＨＰとＡＴＫを重視する。よし、先に進むか。

すぐに森の入り口に到着したが、森は暗く辛気《しんき》臭い雰囲気だ。大丈夫か、これ。鑑定をする。

**【ラルジェの森】**

草原と同じ名前だ。もっと情報が欲しいな。安易に森に入り、強い魔物に遭遇したら困るな。もっとレベル上げをしたいが、周りにはスライムも他の敵もいない。

暗くなるにつれ森の中での移動は危険になるが、森の中に進むのが最善の道だな。

森へ入ると一気に辺りが暗くなった。木漏《こも》れ日《び》の光があるだけでも感謝すべきか？

森を進むこと数分でまたしてもスライムが現れる。現れたスライムはところどころ泥が混じり、丸い形を保っている分、草原のスライムよりは頑丈そうだ。スライムを鑑定する。


**【土属性スライム】**


スライムにも種類別の属性があるのか。木剣を構えスライムの核を刺すとすぐに溶けた。簡単に倒せたな。変に力《りき》む必要はなかった。

スライムの核を回収、森を進む。奥に進むにつれ見たことのない様々な植物が生《お》い茂《しげ》っていた。

特に気になった星型の紫色の草を鑑定する。


**【マナ草】**

ああ。ゲームならＭＰポーションなんかの薬草になるやつか。これ、このまま食えんのか？　ちぎったマナ草を口に入れて後悔する。

「うげぇ。なんだこれ……クソまずい」

一応、自分のステータスを確認したが変化はなし。口を水で濯《ゆす》ぎながら苦いマナ草を吐き出す。このマナ草の使い方はよく分からないが、採取しておくか。

ブチブチとマナ草を抜く。集中していたら、両手いっぱいのマナ草を採取していた。これ、採取しすぎたか？　萎《しお》れたら意味ないよな。

そういやアイテムボックスの中の時間経過はどうなっているんだ？　実験のため、燃やした木の枝をそのままアイテムボックスに収納、少し時間を置いて取り出した木の枝は収納時と同じ燃えたままだった。時間停止機能付きか……これは使えるな。


森の中がさらに暗くなり始める。そろそろ夕方の時間帯か。寝所を確保しないとな。

生活魔法のライトを使用すると、自分の周りが明るくなった。これなら暗くなっても大丈夫だな。地面で寝て、何かに襲われでもしたら危ないな。木の上なら襲われずに済むか？

「腹減ったな。まずは飯だな」

安全そうな場所を探し、ファイアで焚《た》き火《び》を起こす。生活魔法、マジで便利だ。

今日は相当な距離を歩いた。どこもかしこも身体がベタベタして気持ち悪い。試しに生活魔法のクリーンを自分にかけ救われる。

「すげぇ」

一瞬で髪や歯に至るまで全身隅々《すみずみ》綺麗《きれい》になった。これ、癖になりそうだ。

昼の残りのバゲットを食べ終えた頃には辺りはすっかり暗くなっていた。近くの大きな木に登り夜空を見上げる。

こんな満天の星、日本ではそうそう見ることはない。だが、ここが異世界だと主張するように、半分に割れ、青紫に輝く星が見えた。

「あれってこの世界の月なのか？　俺、本当に異世界にいるんだな」

明日は、人に会えるのだろうか……転生時に見た種族選択の画面にもいろいろ書いてあったし、何かしらはいるよな？

「痛《い》て」

手や腕に気づかない間に擦《す》り傷《きず》が無数にできていた。治療スキルを唱えて治療する。凄いな。小さい傷はほとんどなくなった。すぐにMPを確認する。へぇ、MPは使わないのか。コモンスキルは全てMPを使わない分、レベルを上げもできないってことか？

……尋ねても答えはない。自分で調べろってか？　不親切だよ。案内人とかいねぇのかよ！

就寝前に風魔法のレベルを上げるため、そよ風を連発する。MPが0になると魔法が使えなくなった。無理に魔法を使用しようとすると吐き気がした。

風魔法のレベルメーターは八割ほどまで上がっている。あと少しで次のレベルだな。

異世界初日、倒したスライムの核二十五個に集めたマナ草は四十五本だ。何に使えるか分からないが、良い成果なのか？　身体は疲れていないが精神的に疲れた。

しばらく空を眺めていたら、いつの間にか意識を手放していた。

◆　◆　◆

夜中、獣《けもの》の唸《うな》り声に目を覚ます。

辺りはまだ暗く、何も見えない。唸り声のする木の下をライトで照らしギョッとする。犬？　いや、狼《おおかみ》か。鑑定をする。


**【フォレストウルフ】**


フォレストウルフが七四、木の下から一斉に吠える。地面で寝ていなくて良かった。

狼は、俺のいる木に登ろうと後ろ脚で立ちながら幹《みき》を引っ掻き始めた。だが、登れそうにはないな。一安心――って、くそっ。仲間を足場に登ってきやがった。

アイテムボックスから木剣を取り出し、登ってきたフォレストウルフの目を狙い思いっきり刺す。刺した感触が手に伝わり、フォレストウルフは悲痛な声を上げ地面へ落下。のたうち回っている。

木から下りて戦っても数的に不利だ。どうする？

「ちっ。また登ってきやがった」

勢いよく飛んだフォレストウルフにガジッと脚を爪で引っ掻かれる。

「痛《い》ってぇ！」

痛いが、我慢できない痛さじゃない。再び登ってきた狼に向け木剣を振る。目を狙ったが外れて喉元《のどもと》に当たる。鈍い音とともにフォレストウルフは地面へ落ちて動かなくなる。どうやら即死したようだ。残り六匹だ。

フォレストウルフどもは警戒して木には登ってこなくなったが……こちらも木から下りないと攻撃ができない状況だ。

フォレストウルフどもが木の周りを行ったり来たりする。諦めていないようで、睨《にら》み合いは続く。寝かさずに疲れさせる魂胆《こんたん》か？

ステータスを確認、引っ掻かれた衝撃でＨＰが５も減っている。こいつらが狂犬病持ちとかだったら最悪だ。急いで脚を治療で治す。傷口はよく見えないが痛みは軽減した。

ともかく、この状況から抜け出す方法を考えないとな。一か八かだが塩を数回そよ風に乗せてみた。そうしてフォレストウルフのいる方向へと流す――。

「キャンキャン」

クク。どうやら無事に塩が目に入ったようだ。フォレストウルフどもが前足で目を擦りながら苦しんでいる。今が木から下りて戦うチャンスか？

**〈風魔法のレベルが上がりました〉**

おお！　ナイスタイミングだ。どれどれ、ステータスを確認する。

【風魔法Lv2】　そよ風／MP1
旋風《せんぷう》／MP5

旋風？　ああ、つむじ風か。って、ウインドカッターとかそういう魔法じゃないのか！　いや、待て。これはこれで使える。旋風に必要なMPは5か。今あるMPは、先ほどのそよ風の分を引いたら残りは12だ。旋風は二回使用可能だ。

「ガルルルル」

涎《よだれ》を垂らしながらフォレストウルフがこちらを睨み唸る。おうおう。塩が目に入ってキレてやがんな。今なら奴らもちょうど集まっているから攻撃もしやすい。

「『旋風』『ファイア』」

旋風にファイアを加え、フォレストウルフに向け投げつける。旋風は小さいが、渦巻《うずま》き状に激しい風が吹く。そうして風と火が混ざると火災旋風《かさいせんぷう》になり、フォレストウルフたちを包む。吠える声が徐々に止み、ため息をつく。無事に倒せたようだ。動物を殺した罪悪感で少しだけ心が痛む。

（レベルが1上がりました）
（レベルが1上がりました）

燃える狼の屍《しかばね》を見下ろし、ハッと気づく、ここは森だ！　やべぇ。周囲は火炎旋風で燃え盛っているが、風魔法って消せんのか？

消えろと念じたら火災旋風はすぐに消えた。魔法自体は消えたのだが、飛び火でところどころ燃えていた火は消えなかった。持っていた残りの塩と水で消化活動をして鎮火《ちんか》させる。

「なんとか、火も全部消えたな」

フォレストウルフの肉や毛の焼けた悪臭が鼻につく。六匹は焼け爛《ただ》れ絶命していた。

こいつらにもスライムと同様の核があるのだろうか？　気持ち悪いが、フォレストウルフを木剣で抉《えぐ》るとコンと硬い物が剣先に当たった。核だな。鑑定をする。

【フォレストウルフの核】

フォレストウルフの焼死体から六個の核を回収する。

「もう一匹はどこだ？」

いたいた。喉仏を殴って落ちた個体は火の攻撃を受けなかったようだ。

念のため、木剣でツンツンと突き生死の確認をする。ライトで照らすと、喉が完全に潰《つぶ》れており間違いなく死んでいた。焼死体は、核以外は使い物にはならないだろうが、燃えてない狼なら売れる可能性がある。

狼をそのままアイテムボックスに入れる。

**【アイテムボックス】　木剣×1、パン×9、銀貨×1、銅貨×3、ナイフ×1、水属性スライムの核×20、土属性スライムの核×5、フォレストウルフの核×6、フォレストウルフの死骸×1、マナ草×45**

フォレストウルフの死骸も余裕で入ったな。アイテムボックスは容量が大きいのかもしれない。荷物を持たなくて済むのはありがたい。

正直、もう一眠りしたいがここは焼けた獣の臭《にお》いと煙で眠るのは厳しい。現在時刻は分からないが、木の間から空を見上げると薄《うっす》らと明るくなり始めている。予想するに夜明け近くだろう。先に進むか。その前に、レベルアップしたんだよな。

ああ、やはりＭＰが全回復してるな。減っていたはずのＨＰもだ。

ステータスにポイント20を振り分ける。

［ヤシロ　リツ］　21歳　上位人族

LV：　8
HP：　40（＋50）
MP：　20

ATK：　20（＋50）
DEF：　15（＋50）
LUK：　11

こんな感じか。旋風のおかげで助かったが、MPよりも他のレベルアップが先だ。念のために塩も生成する。フォレストウルフに引っ掻かれた怪我は、赤くなっているが治療でほぼ治っているな。治療スキルも選んでいて良かった。

その後、森をさらに進むと早朝だからか、昨日は見かけなかった植物が多く生えているのに気づいた。早速鑑定する。

【回復草】【毒消し草】【媚《び》薬《やく》草】


どれも、そのまんまの名前だな。媚薬草って……なんだよ、これ。

大根のような媚薬草の葉を引き抜く。出てきたのは、ごつい男の顔のような青白い根っこだった。

これ、絶対顔だよな。よく見ると瞑《つむ》っているが目が付いてる。

見ているとパチッと目を開けた。げっ。これ、魔物なのか？

媚薬草と目が合うが……特に何もしてくる様子はない。無害なのだが……ワサワサクネクネと動いてこちらを上目遣いで見た後にウインクをされた。

「気持ち悪……」

捨てていくか迷ったが、結局媚薬草はアイテムボックスに入れた。

歩き始めるとすぐに何かを踏んでしまう。お？　次はなんだ？　鑑定をする。


【マジックマッシュルーム】


……違法薬物か？　見た目は、まんま椎茸《しいたけ》だ。踏んだのに崩れてもいない。よく分からないが、これも採取するか。

マジックマッシュルームを採取中に茂みからカサッと音がする。魔物か？　音のした方向を振り向くと、一本角の兎《うさぎ》が出てきた。鑑定をする。


【一角兎《いっかくうさぎ》】


可愛いが、牙《きば》が凄いな。

一角兎を観察していたら次々と別の一角兎が現れ、いつの間にか周りを十匹の一角兎に囲まれてしまう。最後に茂みから出てきたのは、一際《ひときわ》大きな兎だ。角は鹿のように立派な物が生え、他の一角兎と明らかに体格が違う。鑑定をする。

【ジャッカロープ】

ジャッカロープが奇声を上げると、逃げる暇もなく一角兎どもが一斉に襲いかかってきた。フォレストウルフは焼いてしまったが、これは食料として使えそうなので火は使用しない。

「『旋風』『塩』」

旋風に塩を入れて一角兎に投げつける。塩が目に入ってキュイキュイと可愛い声を出してもがく一角兎を次々と木剣で仕留める。仲間を殺されて怒り狂ったジャッカロープが突進してくる。避けたが、小回りの利《き》く奴はすぐに後ろから再度突進してくる。

「痛《い》てぇ」

ギリギリ避けたが、脚を少し角で掠《かす》られたか？　ＨＰも１減っている。脚に治療をかける。治療したらＨＰは元に戻ったが、あの角が脚に刺さるようなことがあれば治療で治せるか分からないな。

「ギャオギャオ」

奇声を上げ、再びジャッカロープが突進してくる。今度は避けると同時に上から首を狙い、力いっぱいに木剣で叩く。

ジャッカロープは倒れそのままの勢いで転がりながら木にぶつかって動かなくなった。

死んだのか？　木剣でツンツンしに行く。口から舌が出て首も変な曲がり方をしているので、死んでいるな。一角兎とジャッカロープを回収、アイテムボックスに入れる。

それからしばらく山道を進むと、途中で熊《くま》か何か大きい動物に引っ掻かれた木を多数発見する。なんの動物か魔物かは知らないが、木剣では倒せそうもない。

極力、引っ掻き傷のある木を避け道を進むと、遠くから水の流れる音がした。この音は川だな。音のする方角へ走る。見えてきたのは、やはり川だ。川があるのなら、その先に人もいるはずだ。

魔物を警戒しながら川の側へ到着する。川の水は透明で綺麗だ。魚が泳いでいるのも見える。水面に映った自分の顔を確認する。これは、悪くないんじゃないか？　髪は茶色、目は栗色に少し赤みを帯びている。全体的には以前の自分の面影《おもかげ》があるが……確実に勇《いさ》ましくなったな、俺。面影がある分、違和感はそこまでない。

おまかせで良かった。自分で決めて、センスのない顔になるのは避けられた。身長も少し伸び、体格も以前より良くなってる。それに、なんといってもこの身体は疲れない。

腹から大きな音が鳴る。今は、ちょうど昼ぐらいだろう。

「飯《めし》にするか」

狩った一角兎をアイテムボックスから出しクリーン後、皮を剥《は》ぎ内臓を処分して川に晒す。

この世界に投げ出されてからはバゲットしか食していなかったので肉が楽しみだ。一角兎は食用で間違いないよな？　肉は普通に食べられるように見える。治療もあるし大丈夫だろう。

ファイアで焚《た》き火を起こす。ナイフで捌《さば》いた一角兎に塩を付けて焼く。肉がジュウジュウと焼ける音と食欲をそそる匂いが辺りに充満する。焼けた一角兎からは肉汁が滴《したた》る。いい感じだ。大きな口を開け、ガブリと肉に噛みつく。

「美味《うま》い！」

一日振りのまともな食事だ。咀嚼《そしゃく》するたび、一角兎の旨《うま》みを感じる。兎肉に慌てながら次から次へと噛みつく。

塩がなくなったので新たに生成する。


**〈調味料のレベルが上がりました〉**

レベルアップか。確かに調味料スキルのレベルメーターは上がっていた。何が増えたんだ？

**【調味料Lv2】**

**塩**
**胡椒《こしょう》**

胡椒か！　ちょうど良いな。早速、胡椒を生成する。胡椒も使うＭＰは１か。

「って、おいっ！　出てくるの、ホールの胡椒かよ！」

使えるように潰《つぶ》しておくか。岩の上で石を使い、胡椒の実を潰す。潰した胡椒を兎肉にまぶして一口頬張る。ああ、これは高級な味だ。この胡椒、最高品かよ。

# 2　最果ての村

食事を終え、火の後始末をして再び川沿いを歩き始める。今日はいい天気だな。散歩だったら最高だろうな。

そんなことを考えていたらグギャグギャと耳障《みみざわ》りな汚い声が森のほうからした。急いで川沿いから離れ、隠れながら声の主を探す。いた。あれは……鑑定をする。


【フォレストゴブリン】


だよな。どこからどう見ても立派なゴブリンだ。緑色の肌に体格は小さいが鬼のような面と膨れ上がった腹が特徴の魔物だ。小鬼と呼ばれる理由がよく分かる。クソッ、武器も持ってやがるのかよ。索敵で敵の人数を確認する。

ゴブリンの数は五匹か。ん？　索敵に表示されたこの白い点はなんだ？

「キャアア。やめて！　離して！」

少女の大きな悲鳴が森に鳴り響く。誰かゴブリンに捕まっているようだな。白い点は敵じゃない者の表示か。しかし、すげぇ大きな声だな。

ゴブリンに近づき状況を確かめると、棒に手足を括《くく》り付けられた少女が運ばれていた。あんな子供なのによく遠くまで声が届いたな。子供の鑑定をする。

【ジョスリン】

鑑定で名前が出るんだな。可哀想だから助けてやりたい。
ゴブリンどもを追跡しながら、女の子を解放する策を練る。ゴブリンの強さが分からない以上、迂闊《うかつ》に手を出したくはない。武器を持っている奴がいるのも警戒する理由だ。さて、どうするかな。
「ん？」
索敵に別の赤い点が急に表示される。ゴブリンに何かが近づいているな。五匹のゴブリンよりも大きな赤い点は仲間なのか？　すぐに大きな足音とともに赤い点の姿が現れる。

【フォレストボア】

巨大猪《いのしし》だ。
フォレストボアはそのままゴブリンの列に突っ込み、二匹のゴブリンを轢《ひ》いた。轢かれた一匹のゴブリンは抵抗もできず衝突の勢いで後ろに飛び、木の枝に背中から刺さり串刺しになる。凶暴な猪だな、おい。

別のゴブリンが持っていた槍《やり》で猪を刺す。刺された猪は、ゴブリンが槍を抜く前に牙でゴブリンの腹を突き刺す。突き刺された牙はゴブリンを貫き背中から飛び出し、黒い暗緑色《あんりょくしょく》の血が広範囲に飛び散る。グロい光景だ。

猪の息は荒く乱れている。先ほどゴブリンに刺されたダメージが大きいようだ。だが、眼光は鋭く残り二匹のゴブリンが尻込んでいる……やるなら、今がチャンスだな。

「『旋風』」

旋風に潰した胡椒を入れゴブリンと猪に投げつけると猪は危険を察したのか、即座に走り去っていった。ゴブリンたちは胡椒入りの旋風をもろにくらい、咳き込み始めた。狙い通りなんだが、顔が涙と鼻水で溢《あふ》れ……不細工な面が余計に醜《みにく》くなっていて非常にグロい。

胡椒に苦しんでいる隙《すき》に、二匹のゴブリンの首を後ろから刺す。木剣なのによく刺さるなと感心していると、目の前に急にもう一匹ゴブリンが現れる。さっき猪に轢かれた内の一匹だ。腹に怪我しているようだが血走った目でこちらを睨んでいる。

ひとしきり睨み合い、両者同時に動く。

ゴブリンは俺の脚狙いか。奴の狙いとは逆の足でゴブリンを蹴り上げる。倒れたゴブリンに上から覆い被さり木剣でそのまま目を刺す。力を加え、眼球からそのまま地面まで一気に木剣で貫く。ゲップのようなゴブリンの断末魔が聞こえる。

（レベルが1上がりました）

上がった息を整えながら、深呼吸をすると急に充満した悪臭で咽《むせ》る。

「おえぇ。なんだ、この臭《にお》い？　クセェ！」

戦っている最中は気づかなかったが、この臭《くさ》さはなんだよ！　暗緑色の血がついた木剣を嗅ぎ、ゲロに下水を混ぜたような下劣な臭《にお》いにえずく。この悪臭は、どうやらゴブリンの血の臭《にお》いらしい。

鼻がもげそうだがゴブリンに核がないか確認する。


**【フォレストゴブリンの核】**


無事に全ての核を集め、ゴブリンが持っていた武器を回収する。槍は猪に刺さったまま消えたが、剣と棍棒は無事回収できた。木剣と自分をクリーンする。念のために二回だ。

「ゴホッゴホッ」

攫《さら》われていた少女が苦しそうに咳をする音が聞こえた。完全に女の子の存在を忘れていた。縛られていた棒から女の子を解放、クリーンをかける。十歳くらいの子供だろうか？　三つ編みの長い髪に村人って感じの格好だ。

「大丈夫か？」

「喉がまだ痛いけど、大丈夫。助けてくれてありがとう。お兄ちゃんは冒険者の人？」

咳をしながら女の子が尋ねる。

「冒険者？　いや、んーとな、旅人だ」

「こんな場所に？」

「こんな場所？」

「ここは、最果ての森だよ。ここに旅人なんて来ないよ……」

「あー、なんだ。道に迷ったんだよ」

最果ての森ってなんだよ！　訝《いぶか》しげにこちらを見る女の子に咄嗟《とっさ》に道に迷った旅人だと嘘をついたが……俺の話を信じてなさそうだ。

「俺はリツだ。君は？」

「リツお兄ちゃん？　私はジョスリン」

この子の名前は鑑定ですでに知っていたが、とりあえず互いの自己紹介をする。

「ジョスリンちゃんか。よろしく」

「ジョスリンって呼んでね」

「分かった。ジョスリン、よろしくな。ここが最果ての森なら、君はどこから来たんだ？」

「最果ての村リスタ」

最果てのってワード多いな。しかし、俺はなんつーとこに落とされたんだ。

聞けば、ジョスリンは早朝の薬草採取の帰りにゴブリンに襲われたらしい。拉致《らち》されてから最低でも半日以上は経っているようだ。

「帰り道は分かるか？」

「……分からない」

「一人だったか？」

「うん。一人で行くなって母さんと父さんに言われていたけど……」

ジョスリンが地面を見ながら萎《しお》れる。

「そうか。帰ったらいっぱい叱《しか》ってもらえ。とりあえず、俺はこれから川を下《くだ》る予定だ。リスタの村に着くかは知らないが、人がいる場所にはそのうち着くだろ。ついて来るだろ？」

「いいの？」

「ああ、もちろんだ」


ジョスリンとともに川に沿って歩き始める。子供だからか、俺よりもゆっくりで体力がなく徐々に口数も減っていく。仕方ないのでジョスリンを背負うことにする。

「ほら、乗れ。じゃないといつまでも村には着かない」

「うん……ありがとう」

歩かなくてよくなったジョスリンは、急に元気になった。お喋《しゃべ》り好きなのか……聞いてもいない村や近辺のことを教えてくれた。

ここは、ガドル帝国という国らしい。リスタ村を含めたこの地一帯は領主のバルバロス辺境伯が治めているという。貴族がいる世界か。ますます、文明が中世の可能性が……いや、ジョスリンの格好からもうそれはほぼ確定なんだが。情報はありがたい。ジョスリンには、子供の割に物知りだと褒《ほ》めておく。

「みんな、知ってることだよ」

「そうか。領主はいい奴か？」

「父さんたちは、いい領主だって言ってたよ」

悪徳領主だったらさっさとどこか遠くに行こうと思っていたが、いい奴なら良かった。

空を見れば夕方前だ。今日、進める距離はここまでだな。今夜の安全な寝場所を探さないとな。

やっぱり今夜も木の上がいいだろう。また魔物に襲われたら困るので少し高い木にするか。

「今日、進むのはここまでだ。川の側は危ないから、あの木の上で寝るぞ」

「うん」


夕食は一角兎、それにバゲットだ。兎一匹で十分足りるだろう。一角兎とバゲットをアイテムボックスから取り出すとジョスリンが驚いたように尋ねる。

「すご〜い。どこから出てきたの？　魔道具なの？」

この世界には魔道具があるのか？　だがアイテムボックスを知らないのなら、言う必要はないな。説明が面倒だしな。

「ああ、そうだ。旅人だからな」

二人で枝を集め、焚き火を起こす。一角兎に塩胡椒を揉《も》み込み、焚き火でじっくりと焼く。一角兎の足部分をちぎりジョスリンに渡す。

「熱いから、気をつけて食べろよ」

「ありがと！　お腹空《す》いた！」

空腹で限界だったのか、ジョスリンはガツガツと一角兎を食べ咳き込む。

「一気に食いすぎだ、ゆっくり食え」

「凄く、美味しい！　リツお兄ちゃんも早く食べようよ」

「ああ」

一角兎一匹を完食する。バゲットを食べ終えたジョスリンに尋ねる。

「まだ食うか？」

「ううん。もうお腹いっぱい。リツお兄ちゃん、ありがとう」

「ああ。火を消して、そろそろ寝るか」

立ち上がり、火を消しに水を出そうとしたらジョスリンに止められる。

「火なら私が消せるよ。『ウォーター』」

「生活魔法か？」

「ううん。水魔法だよ。私のスキルなの。水を出すことしかできないけど……生活魔法のウォーターよりはたくさん出るんだよ」

ジョスリンはその他に生活魔法、薬草採取、大声のコモンスキル三つを持っているという。水魔法はレアスキルだな。

「スキルの話は人に教えていいのか？」

「父さんたちは、知らない奴にスキルのことは言うなって……でも、リツお兄ちゃんはもう知らない人じゃないでしょ？」

「知り合って一日も経っていないだろうが……親の言うことはちゃんと聞け」

ともかく、大声のスキルのおかげでゴブリンどもに誘拐されていた時の叫び声があんなに遠くまで届いていたのか。納得だな。ゴブリンどもも大声スキルを近場で聞いてよく耐えられたな。しかし待てよ、ジョスリンは半日拘束されてたはずだが。

「捕まった直後にはスキルを使って叫ばなかったのか？」

「急に現れて頭を殴られたの。気がついたら、逆さまで運ばれていたから叫んだけど……」

「あの時に気がついたのか。俺に声が届いて良かった。殴られた場所を見せてみろ」

ジョスリンの後頭部には大きなコブができて腫《は》れていたので治療をかける。コブは小さく残ったが、腫れは引いたようだ。

「すご〜い。治癒スキルを持ってる人は村にも一人しかいないんだよ」

人に教えちゃいけないけど、と言いながらもジョスリンがペラペラと喋る。聞く感じ、治癒は大怪我や大病も治せるらしいが、魔力の消費が激しく頻繁には使えないという。

「俺のスキルは、治癒じゃない。治療で大したことはないが他の奴に言うなよ」

「うん。言わない」

お喋りジョスリンは信用できないが、治癒というスキルがあるなら治療が露見《ろけん》したぐらいで問題はないだろう。どうせ、コブも完全に治せないほどの効果だしな。

「寝るぞ。ゴブリンどもは夜も活動するのか？」

「冒険者の人が夜も出るって言ってたよ」

「面倒だな」

「捕まったら、食べられちゃうから」

おい！　ゴブリン、人を食うのかよ！

ジョスリンを先に木に登らせ、続く。木から落ちないよう、ジョスリンを後ろから抱える。

「大丈夫か？」

「うん。温かいよ」

数分後、すぐにジョスリンから寝息が聞こえた。この子、無防備すぎるだろ。親でもないのに心配になるのだが。

レベルが上がった分のポイントの振り分けをする。

［ヤシロ　リツ］　21歳　上位人族
LV：　9
HP：　40（＋50）
MP：　30
ATK：　20（＋50）
DEF：　15（＋50）

さっきのレベルアップで手に入れたポイントはMPに10全てを投入する。塩や胡椒を生成、アイテムボックスに移す作業をした後にジョスリンの話を思い出し、ため息をつく。

「……人食いゴブリンとか、マジで勘弁してくれよ」

そう呟いた瞬間、遠くから何かの遠吠えがしたので索敵を展開する。百メートル範囲内に赤い印は見えないが、緑の印が一帯に散らばっている。これは何かの動物だろうか？　こちらに敵意がない動物などは緑の点で表示されるのか。敵対しないなら、放っておくのが一番だな。

寝ていたはずのジョスリンが急に大声で叫ぶ。

「お肉が美味しい！　むにゃむにゃ」

「寝言かよ！」

いきなり大声出されると焦るだろ！　声がでけぇんだよ。

しばらくジョスリンがまた大声を出すのではないかと見張っていたが、涎を垂らしながら静かに熟睡していた。俺もいつの間にか眠りについていた。

◆　◆　◆

早朝、目が覚める。まだ熟睡中のジョスリンを揺らし起こす。

「ジョスリン、朝だ。飯食ったら、出発するぞ」

「ん……父さん？」

「リツだ」

「あれ？　そうだった」

朝食にはバゲットを炙り、半分ずつ分け食べる。朝は元気だろうから、ジョスリンには歩いてもらう。抱えるのは後からだ。

昨日、索敵を常に付けてなかったせいで一角兎の集団に襲われたので、今日は索敵を常に発動しながら川沿いを進む。

早速、索敵に赤い点が無数に現れる。ここからまだ離れているが、これは川沿いなのか？　表示的に川の中のような気がするが……。鼻歌を歌いながら歩いていたジョスリンを止める。

「ジョスリン、静かに。たぶん、この先に魔物がいる」

敵のいる場所まで移動、やはり川の中だ。だが、赤い点が表示する川の中には何もいないように見える。

「リツお兄ちゃん、何もいないよ」

「見えないだけで、いるぞ」

川の中に石を投げ入れると、無数のピラニアに似た魚が水面から飛び出し石の落ちた場所に襲いかかる。やっぱりいたな、クソ恐ろしいな。なんだよこの魚……鑑定をする。


**【マンイーターフィッシュ】**

こいつらも人食いかよ！　魚まで獰猛《どうもう》なのかよ。

一匹のマンイーターフィッシュが勢い余って川沿いの砂利《じゃり》に投げ出される。魚を突くと、カチカチと歯を噛み合わせる音がする。凶暴な魚だな、おい！

マンイーターフィッシュは、息ができずにすぐ弱々しくなったのでさっさと首元をナイフで刺す。この魚の血は赤いのだな。魚を持ち上げジョスリンに尋ねる。

「こいつ、知ってるか？」

「知らないよ。初めて見たよ」

人里にはいないのか。それとも、ジョスリンが知らないだけなのか？　重要なのは、こいつ、食えるのか？　ひとまず、アイテムボックスに収納する。

川に近づきすぎないように気をつけつつ、再び川沿いを歩き始める。遠くから野獣の雄叫《おたけ》びが聞こえ、ジョスリンが驚いて委縮《いしゅく》してしまう。索敵には何も表示は出ていない。百メートル以上離れているのだろうが、ピリピリと圧を感じるような雄叫びが続く。

「大丈夫だ。遠い」

「本当？　オークなの？」

「オークがいるのか？　あれが何かは知らないが近くじゃないが、早く先に進むぞ。抱える」

ジョスリンを抱き上げ、駆け足で先を急ぐ。

ジョスリンを抱えたまま小一時間ほど走った。ここまで来れば、先ほどの雄叫びの生物からは距離を取れただろう。安心したら、腹時計が鳴った。昼時だな。さっきの魚は――また後で食うとして、塩胡椒を擦《す》り込んだ一角兎を焚き火で焼く。

「二日連続、一角兎で悪いな」

「ううん！　すごく美味しい」

ジョスリンが一角兎を頬張りながら笑顔を見せる。平和な食事をしていたはずだったが、赤い点が索敵に現れ始める。八か……数が多く動きが速いな。狼か？

「ジョスリン、敵だ。食事は中断だ。逃げるぞ。こっちに来い」

ジョスリンを抱え走って逃げたが、敵も素早く二手に分かれ回り込まれる。

「クソッ、逃げきれないな」

「何がいるの？」

「分からないが、数が多い。ジョスリン、隠れてろ。何があっても出てくるなよ」

「う、うん。分かった」

敵が姿を現す前に、ジョスリンを大きな岩石の陰に隠す。不安そうな顔で俺を見ているが、俺だって不安だ。

敵を迎え撃つため走り出し、ジョスリンから距離を取る。敵も動いた俺を追う。

ここまで来れば、ジョスリンからは大分距離を取れたな。

ついに敵に追いつかれ、森から奴らの姿が現れたので鑑定をする。

【フォレストゴブリンライダー】

また汚い緑の奴らが、今度は狼に乗って登場か。狼に乗った分、動きは速い。グギャグギャと汚い笑みを浮かべ距離を詰められる。八匹……いや、森のほうにもう一匹いるな。合わせて九匹か。

攻撃は旋風で先行させてもらう。

「『旋風』」

ゴブリンライダーどもが胡椒入りの風に苦しんでいる間にすかさず次の一手を打つ。

「『旋風』『ファイア』」

火災旋風でゴブリンライダーを燃やす。辺りが燃えるとゴブリンたちが狼を捨て飛び降りる。狼は燃え上がり、ほぼ戦闘不能になったな。ＭＰは残り20だ。ゴブリンにもう一度、火災旋風をお見舞いする。狼に乗っていない単体のゴブリンの動きはさほど速くはないので一発で集まっていたゴブリンどもに火災旋風が命中する。

「グギャアア」

悲鳴を上げ燃え上がるゴブリンども。無事に八匹とも戦闘不能になる。焼け爛《ただ》れ苦しんでいるゴブリン一匹一匹にトドメを刺す。焼けたゴブリンからはなんともいえない悪臭が漂う。

「くせぇんだよ」

最後の一匹は、まだ森から姿を現さない。他のゴブリンより点の印が数段大きいのが気になるが、隠れている敵に向かって石を投げる。

「おい！　出てきやがれ！」

姿を現したのは、他のゴブリンより体格が一際大きな一体だった。俺より背が少し低いくらいか？　鑑定をする。


**【ゴブリンリーダー】**


こいつ……リーダーの癖に隠れていたのか？　いや、俺を見極めていたのかもしれない。身体には無数の古傷があることから、戦い慣れた個体だと予想する。

ゴブリンリーダーが剣を背中から取り出し勢いよくこちらへ向かってくる。

ヤバイ、このゴブリン、他の奴よりも動きが明らかに速い。

振り下ろされた剣を、拾っていたゴブリンの鉄剣で受ける。金属のぶつかる甲高い音が鳴り、振動が手元から全身へ伝わる。こんなの木剣だったらすぐに折れていたぞ！

防がれた剣を睨みつけながら、ゴブリンリーダーが吠える。

「ガギャアア」

「何、キレてんだよ」

ゴブリンリーダーを蹴ると、奴は一歩後ずさり再び剣を俺に振り落とす。剣を受け止め反撃すると、何度となく剣が互いを弾く鉄の音が川沿いに響いた。

——圧《お》されている。一撃一撃が重たい……これ以上の交戦は厳しい。俺は元々、剣の使い方なんて知らない。

案の定、ゴブリンリーダーに巧《たく》みに剣で攻め込まれ腹を蹴られる。蹴られた勢いで地面に転がり、息を吐き出す。

「ゲボォ。痛ってぇな！」

転がっている俺を見て、ゴブリンリーダーが高笑いをする。

勝ち誇った顔で見下しやがって……。

立ち上がろうとすると、ゴブリンリーダーがすぐに距離を詰め、上から剣を突き刺してくる。

「あっぶねぇ！」

寸前で目の前に迫った剣を避け、ゴブリンリーダーの膝《ひざ》の皿を狙って蹴る。

「グギャアアア」

痛みで膝を抱え叫ぶゴブリンリーダーに、俺は口角を上げる。

「痛《い》てぇだろ！　ザマァみろ！　クソが！」

剣を握り吠えながら襲ってくるゴブリンリーダーは、何度も怒り任せの斬撃を放つ。一撃一撃が今までよりも荒く重い。これが続けば防ぎきれない。油断した一瞬の隙に剣を弾き飛ばされ、首を掴まれる。強く掴まれた首元の手を掻きむしるが、ビクともしない。息ができねぇ。ヤバい。

ゴブリンリーダーの目を狙い、作っていた塩を全て投げる。目を掻きながら苦しんでいるが、俺の首を掴んだままだ。絞り出すような声で調味料を唱える。

「『塩』『塩』」

**（調味料のレベルが上がりました）**

こんな場面でレベルアップかよ！　何が増えた！

**【調味料Lv3】**

**塩**

**胡椒**

**マヨネーズ**

調味料の出る順番、どうなってんだよ！　さしすせその順じゃねぇのかよ……徐々に絞める力が増し始め息ができず、意識を保つのがやっとだ。ゴブリンリーダーの顔が近い。

「息が——クセェん……だよ。これでも食らいやがれ……」

残りのＭＰの全てを使い、ゴブリンリーダーの口の中にマヨネーズを流し込む。

大量のマヨネーズが口の中に流れ込んだ奴の表情は、勝ち誇った憎《にく》たらしい顔から困惑に変わる。

ゴブリンリーダーは自分に何が起こったのか理解が追いつかず、必死に息をしようともがく。

俺の首を絞めていた手が緩くなった隙にゴブリンリーダーを蹴る。砂利《じゃり》の上に投げ出されると、地面に両膝を突き咳き込みながら息を必死に吸う。

「ゲホッゲボォ……やっと息ができる」

ゴブリンリーダーを見ると、手足をジタバタと動かしながら仰向《あおむ》けになって白目を剥《む》いていた。

マヨネーズで窒息《ちっそく》、息ができず瀕死《ひんし》だ。

フラつきながらも立ち上がり、飛ばされた剣を拾う。剣に体重を乗せながらゆっくりとゴブリンリーダーの首を突く。暗緑色の血と混じりながら、白いマヨネーズが喉元から溢れ出て、口から泡が立つ。俺、しばらくマヨネーズ食えねぇかも……。


**(レベルが1上がりました)**

**(レベルが1上がりました)**

**(レベルが1上がりました)**


レベルが一気に三段階上がる。結構強い相手だったもんな。俺もたまたま勝てただけだ。

首を刺したゴブリンリーダーの死骸を見下ろす。まだ口からはマヨネーズが溢れている。ウゲェ。

目を逸らしたいはずなのに、口から垂れるマヨネーズを凝視してしまう。

「リツお兄ちゃん！」

遠くから走りながら手を振るジョスリンが見える。

「おい！　なんで出てきた！」

「お兄ちゃんが、死んじゃうと思って……うあーん」

泣き出したジョスリンに、どう接すれば良いか分からずオロオロとする。ひとまず、落ち着かせようと頭を撫でると抱きついてきた。

「あー。大丈夫だから、泣くのをやめてくれ」

「でも……グズッ」

こういう時、なんの話をすれば……ああ、食い物か。

「そうだ、昼の肉でも食べるか？」

「うん！」

肉の話をすると、ジョスリンはあっさり泣くのをやめた。現金だな。だが、この臭《にお》いの中で食事をするとか無理だ。臭すぎる。

ゴブリンから核を回収する。ゴブリンリーダーの核は、他の奴と比べ格段に大きくゴツゴツしていた。こいつが持っていた剣ももらおう。他のゴブリンは、焼き尽くしたから回収はしないが……

ゴブリンリーダーの死骸をアイテムボックスに収納し、棍棒や剣はもらうとする。

自分の身体に治療とクリーンをかける。首にはまだ絞められた違和感があるが、大体の身体の傷は治った。ゴブリン臭から離れ、しばらく川沿いを進み昼飯を再開する。

「お肉、美味しいね」

「そうだな。バゲットもいるか？」

「うん！」

ジョスリン、切り替えが早いな。頬《ほ》っぺたを膨らまして小動物みたいに飯を食うジョスリンを見ながら思わず笑みを零《こぼ》す。

出発前に、レベルアップで手に入れた30ポイントを振り分けるか。

［ヤシロ　リツ］　21歳　上位人族
LV：　12
HP：　50（＋50）
MP：　40
ATK：　25（＋50）
DEF：　20（＋50）
LUK：　11

HPとMPとATKに割り振り、DEFも上げておいた。さっきの戦いで守りも重要だと痛感した。たぶん種族補正のおかげで助かったが、一撃一撃の攻撃は重たかった。

早くこんな森から抜けないとな。今のままだと……あれより強い魔物に遭遇した日には確実に死ぬな。食事も終わった。また歩くか。

出発後も立て続けに初めて見る魔物どもと遭遇する。鑑定すると、フォレストクロウ、レッドスパイダー、ダブルホーンジャッカルと出た。

川を下るほどに魔物は弱小化していると感じる。特に今いるこの辺りは、一角兎やダブルホーンジャッカルという狐に角が二つ生えた魔物が多い。弱いが、数が多い。

「次々とめんどくせぇな」

「リツお兄ちゃん、集めてきたよ」

ジョスリンが俺の殲滅《せんめつ》した魔物を拾って渡してくる。村の側でもよく出現する魔物らしく、食卓で重宝《ちょうほう》されているらしい。

「今日はここまでだな。飯食ったら、また木の上で寝るぞ」

「うん！　お腹すいた！」

兎の皮を剥いで準備をする。ジョスリンが拾ってきたオレガノやローズマリーの香草を肉に擦り付け、じっくりと焼く。

「この香草、美味いな」

「これは、どこでもある香草だよ」

香草は乾燥したのしか使ったことはなかったが、生だとこんなに香りがいいのか。

丸一匹の兎を二人でペロリと平らげ、木に登り目を閉じる。ジョスリンは、眠れないようでモゾモゾと何度も動き尋ねる。

「寝た？」

「ああ……」

「寝てないよ」

「早く寝ろ」

◆　◆　◆

次の日、早朝に出発する。ひたすら川沿いを数時間、昼になるまで歩き続ける。

昨日と同様、小さな魔物が容赦《ようしゃ》なく襲ってくる。ちりも積もればなんとやらか……レベルは二つ上がった。

【ヤシロ　リツ】　21歳　上位人族
LV：14
HP：55（＋50）
MP：50
ATK：25（＋50）
DEF：20（＋50）
LUK：16

HP、MP、それからLUKに振り分ける。運を上げ、そろそろ人里にたどり着きたい。今向かっている方向も人里があるのか分からない。結構、運頼みだ。

昼食後、再び歩き出す。途中、疲れたジョスリンを背負う。

「大丈夫か？」

「うん。ありがとう」


そろそろ日が暮れるな。また野宿かと思った頃、索敵に白い点が多数現れた。これは人かもしれない。ジョスリンもソワソワしてるので当たりだろう。

「この辺、見覚えがあるのか？」

「うん！　村の近くだよ！」

ジョスリンの案内で向かった先には、松明《たいまつ》を持った十数人の武装した男女がいた。

「ジョスリン！」

「父さーん」

ジョスリンが泣きながら、父親に駆け寄る。無事にリスタ村にたどり着いて良かった。父親のほうは地面に膝をつき、ジョスリンを抱きしめている。

武装した女性が訝しげな顔でこちらに話しかける。

「アンタ、村の人？　じゃあないね」

「違う。森の中で、ゴブリンに連れ去られたあの子を助けただけだ」

「冒険者？」

「いや……旅人かな？」

「あ？　旅人？」

武装した女性に厳しい視線を向けられる。これ、変質者を見る目だな。公園に一人で座っているだけで、何故かこんな感じの目で見られるんだよな。

どう説明するか悩んでいたら、ジョスリンの父親に声をかけられる。

「娘を助けてくれてありがとう！　私は、リスタ村の村長のカーターと言う。詳しい話は私の家でいいか？　早く妻を安心させたい」

「ああ、こちらはそれで大丈夫だ」

カーターの案内で村へ向かう。武装した女性は他にも何か言いたそうにしていたが、仲間に止められ大人しくみんなと村へついて来る。途中、斜め前を歩くカーターが尋ねてきた。

「先ほどは動揺して聞き忘れたが、名を教えてくれるか？」

「リツだ」

「リツさんか。小さな村だが、リスタへようこそ」

案内された村の周辺は高い塀に囲まれていた。入り口には、見張りの門番がいる。門番といっても、村人の格好をしてる青年が槍を持っているだけだ。

門を通りリスタ村へ入る。道路は舗装されておらず、街灯もない。日が沈んだ今、辺りは暗くよく見えない。カーターが足元を松明で照らす。

「足元に気をつけてくれ」

「気遣い、感謝する」

「娘の恩人にこれくらい当たり前だ」

ゾロゾロと十数人で一軒の家の前にたどり着く。これが、カーターの家だろうか？　村長の家だからだろうか？　他の家より大きく木造の二階建てだ。この手の建物は以前旅行で行ったヨーロッパの古い建築物に似てる。家の前でカーターが振り返り軽く手を上げる。

「みんなの協力には深く感謝する。ジョスリンは無事に帰ってきた。詳しい話は明日するが、ザンとカイル、それから『銀狼《ぎんろう》の剣《つるぎ》』のリーダー以外、今夜は解散してくれ」

全員がそれぞれ自分の家に帰る。残ったのは、俺を含めて六人だ。

家の扉が乱暴に開き、ジョスリンに似た女性が飛び出してくる。

「ジョスリン！　無事だったのね！」

「母さん！」

ジョスリンの母親は急いでこちらに駆け寄ると、涙を流しながらジョスリンに怪我がないか確かめ抱擁《ほうよう》した。

「リツさん、こちらへどうぞ」

カーターに家の中へ入るよう促される。家の中も暗く、蝋燭《ろうそく》の灯りで照らされた廊下を通り椅子に座る。期待はしてなかったが……電気とかはなさそうだ。テーブルの上で蝋燭の灯りがゆらゆらと揺れている。

「娘を助けていただいただけではなく、村にまで連れて帰ってきてくれたこと、改めて感謝する」

目の前に座ったカーターに深く頭を下げられる。

「頭を上げてくれ。本当に偶然に助けることができただけだ」

「それでもだ。あの子が殺されてしまったのかと、数日間私も妻も気が気じゃなかった」

あの猪と俺がいなかったら、ジョスリンはゴブリンに食われていた可能性が高い。結果的に俺が助け村に連れて帰ったことになるのか。カーターの隣に座っている男たちと目が合う。

「ああ。すまない……紹介しよう。こっちは村の青年団のザンとカイルだ。それから、後ろの冒険者は銀狼の剣のリーダーのライリーだ」

これが冒険者か。ライリーと呼ばれた大剣を背に負《お》った体格の良い男が、テーブルから離れた奥に一人で立っている。顔はよく見えないが、軽く会釈《えしゃく》をしてきたので俺も軽く頭を下げ挨拶をする。

「俺の名前はリツだ……旅人だ」

「あの森で旅？　お前、あの森がどこか分かっているのか？　大体どこから来た？」

暗くとも分かる訝しげな表情でライリーが尋ねた。青年団の二人も顔を見合わせ、疑問に思っているようだ。胡散《うさん》臭く思われてそうだな。今後は、旅人ではない設定が必要だな。

「ライリー、そう攻撃的になるな。リツさん、どのような状況だったのか説明をしてくれるか？」

「もちろんだ」

カーターに尋ねられ、俺は自分のスキル等の詳細は伏せ、ジョスリンがゴブリンに攫われていた話から村に到着する経緯をある程度答えた。

カーターたちは、薬草採取の場所にあった足跡から犯人はゴブリンだと予想はしていたようだ。

しかし、村から数日かかる離れた場所からゴブリンが来たとは思ってはいなかったようだ。

「そうですか。丁寧な説明、とても助かる。リツさんの話通りならゴブリンの巣は最低でもここから一日以上ということか……」

ゴブリンの生態については知らないが……巣に運んでいたのならば、そういうことになる。

「村長、奴らがこの村に『餌《えさ》』があると認識したら、また襲撃するかもしれない。討伐を依頼したほうがいいんじゃないのか？」

「ザン、その話は明日の村の集会で行う。冒険者に頼むとしても費用が必要だ」

ザンが後ろに視線を送ると、ライリーがため息をつく。

「カーター、俺たちはこの村に恩があるから娘の捜索を手伝ったが……ゴブリンの巣の討伐は話が別だ。巣の大きさが分からない限り、安易に飛び込むことはできない」

部屋に沈黙が流れる。ライリーの意見は真《ま》っ当《とう》だと思う。あのゴブリンリーダーのような奴がゴロゴロいる巣だったら、正直殺されに行くのと同じだ。

「使える情報になるかは分からないが……途中で襲ってきたゴブリンは、ゴブリンライダー八匹にゴブリンリーダーの部隊だった」

それを聞いたカーターが目を見開いた。

「それは……よく無事に逃げることができましたね」

「いや……逃げたが、追いつかれたので始末した」

「「「始末？」」」

全員が声を合わせ尋ねた。

「ああ。倒したぞ。面倒な相手だったが――」

「おいおい、嘘をつくな。ゴブリンリーダーはDクラスだぞ。Dクラスのパーティー推奨《すいしょう》の魔物を、冒険者でもないお前が倒せるはずがない」

ライリーが鼻で笑いながら言う。嘘だと思う気持ちは分かる。俺だって死にそうになった。調味料スキルのマヨネーズが生えてこなかったら、たぶんあそこで死んでいた。だがスキルのことを説明したくはない。返答を考えていると、ジョスリンの大声が聞こえた。

「嘘じゃないよ！　私、見たもん！」

「ジョスリン、二階に行ったんじゃなかったのか？」

「気になって下りてきた……」

「大人の話に聞き耳を立てるのは良くない。明日話すから、今日はもう寝なさい」

カーターがやや呆れたように叱るが、ジョスリンは納得のいかない顔でごねる。

「でも……」

「ジョスリン」

カーターが、言い聞かせるようにジョスリンの名を呼ぶ。口を尖《とが》らせながら一度は二階に上がろうとしたジョスリンだったが、急に振り向き言い放つ。

「証拠あるもん！　リツお兄ちゃんが魔道具にゴブリンリーダー入れてたもん」

バッと全員の視線が俺に集まる。おい！　何を勝手にバラしてんだ、この娘は！

「リツさん、魔道具とは？　アイテムバッグか？」

カーターの質問にため息をつき、頭を掻きむしる。バラされたなら、どうしようもない。

「確かにゴブリンリーダーは回収した。証拠が見たいのならここで出すぞ」

カーターとライリーが互いに視線を交わらせて頷き、ゴブリンリーダーの死骸を確認したいと言われたので、アイテムボックスからゴブリンリーダーをテーブルに取り出す。

全員が信じられないという表情で死骸を凝視する。カーターが唾《つば》を呑《の》み言う。

「こ、これは……確かにゴブリンリーダーだ」

「本物だな。本当にお前が倒したのか？　この白いのはなんだ？」

ライリーの問いにマヨネーズだよ！　などとは言えず……。

「確かに俺が倒した。白いのは……なんでもない」

「歯切れが悪いな」

ライリーは俺を疑っているようだ。隣からカーターが助け舟を出してくれる。

「ライリー、冒険者の詮索はご法度《はっと》じゃないのか？」

「そうだな。すまん。リツ、お前を嘘つき呼ばわりしたのも謝る。だが、一体どこからゴブリンリーダーを出したんだ？　何もない場所から現れたような気がしたが……」

魔道具を見せろとか言われても困る。

「ライリー、それも詮索しないでくれると助かる」

「……分かったよ」

ライリーは諦めたようにため息をつく。

テーブルに横たわる死にたてホヤホヤのゴブリンリーダーは、絶賛口や首からマヨネーズがニュルニュルと漏れ出し中だ。時間停止のアイテムボックスのため、本当にさっき死んだかのように新鮮でエグい。臭《にお》いも酷く、吐き気がする。マジでマヨネーズ食えなくなったらどうしてくれるんだ。俺は結構マヨラーなんだぞ！

「臭いので、仕舞うぞ」

「ああ……そうしてくれ」

カーターが顔を顰《しか》めたまま言う。

話し合いは終わり、解散する。ライリーを含む銀狼の剣は、村で唯一の宿屋に泊まっているそうだ。彼らは別の依頼でこの村にいた時にジョスリンが行方《ゆくえ》不明になったらしい。

今夜は村長の家に泊まることになった。カーターの案内で二階に上がる。家の中はどこも暗く、階段を踏むたびに床が軋《きし》む音だけが響く。

「この部屋を使ってくれ。残り物だがスープがある。食べるか？」

「ああ、頼む」

蝋燭を渡され、カーターが部屋からスープを取りに一階へ向かう。

「『ライト』」

蝋燭よりライトのほうが明るく部屋全体を照らす。部屋はそこそこ広い。物は少ないが、ベッドのシーツは清潔で寝るには十分だ。ベッドに腰をかけ、靴を脱ぐとドアがノックされた。

「リツさん、ミルクスープだ。これくらいしかないが足りるか？」

「十分だ。助かる」

「また明日の朝に話をしよう。今日はゆっくり休んでくれ」
「ああ、また明日」
ベッドに再び腰をかけカーターにもらったミルクのスープを食べる。味は薄いが塩胡椒を入れたら食べられなくはない。この肉はなんだ？　鑑定をする。

**【フォレストバードのミルクスープ】**

**（鑑定のレベルが上がりました）**

おお！　やっとか。あれだけいろいろ鑑定したのだからな。上がってもいい頃合いだった。もう一度ミルクスープを鑑定する。

**【フォレストバードのミルクスープ】　普通**

おい！　なんだ、普通って。何が普通なんだよ！　普通の表示を押しても何も出てこない。ため息をつくも、この不親切さにも大分慣れてきた。
寝る前に塩胡椒を生成してＭＰを使いきる。マヨネーズは入れる容器がないので作らない。それに、今はマヨネーズを見たくはない。

身体をクリーンで綺麗にした後にベッドへ横になり、天井を見ながらこちらの人々の顔を思い浮かべる。

「多人種だったな」

俺の容姿は、こちらでは違和感はなさそうだ。薄暗くはっきりとは見えなかったが、村人は見る限り定まった容姿はなくバラバラで様々な人種系統の顔がいた。

村長のカーターはいい奴そうだったが、村人全員が歓迎してくれるという雰囲気でもなかった。『最果ての』と言うくらいだから閉鎖的な村の可能性もある。

「明日になれば分かるか……」

思っていたより疲れていたのかもしれない。目を閉じるとすぐに眠りについた。

◆◆◆

夜中、部屋の違和感で目を覚ます。ベッド横にいた見覚えのある子供がこちらを覗《のぞ》き込みながら口角を上げ囁《ささや》く。

『見つけた』

「誰だ！」

この家にもう一人子供がいたのか？　だが、この顔は完全に日本人の子供だ。しかも、たぶんあのエレベーター事故の時に見た子供だ。

『こんな場所にいたんだね。捜したんだよ』

少女と少年の声を重ねたような音の声が頭に響く。見た目は普通の子供だが、きっと子供ではない何か別の不気味な存在だと勘が言う。

「あの時、エレベーターを落とした奴か？」

『あのエレベーターは、落ちる運命だったよ。僕らは、ちょうど良い魂《たましい》の回収を待っていただけ』

「魂……の回収？」

子供がさらに口角を上げ笑う。人の口はあそこまで上がらない。ゾクリと寒気がして、鳥肌が立つ。

『そう、魂。誰かに邪魔されたけどね』

「邪魔？」

『でも、見つけたからもう大丈夫』

一瞬で目の前に移動した子供にガッと頭を掴まれる。振り払えない。なんて力だ。握られた頭は割れるように痛い、耐えられず口から唾液《だえき》が垂れてしまう。

「やめ……ろ」

頭から手を離したと思ったら、俺を見下ろす子供の顔が悍《おぞ》ましい表情に変わっていた。

『クソッ、クソッ、クソッ。僕らのなのに！　横取りしやがって』

地団駄を踏みながら、子供が怒り狂う。傍目からは、スーパーでわがままを言う子供のようだが、その表情は狂気的で非人間的だった。

この子供は、一体なんなんだ？　醸《かも》し出す邪悪さが人とは別物だ。恐ろしい反面、神秘的な魅力もある存在……この子供、神的な存在なのか？

「お前はなんだ？」

『僕は私だよ。お前も僕らのものだったのに』

「もしかして、神的な存在なのか？」

『神？　神であって神じゃない』

何を言っているのか、さっぱり分からない。神であって神ではないとはどういう意味だ？　これが神なら詰んだな。神でも、これじゃあ邪神《じゃしん》だ。

「何が目的だ？」

子供はこちらを鋭い形相《ぎょうそう》で睨み手をかざす。

『僕らのじゃないなら、死ね』

子供の手から得体《えたい》の知れない黒い煙が出てきて部屋中に充満し、黒い煙を吸って咳き込んでしまう。なんだこれ、苦しい。

「なんだ……この煙」

風魔法を使おうとするが、魔法が出ない。なんで魔法が使えないんだ？

段々と黒い煙に包まれ、周りが全く見えなくなる。

「息ができねぇ。誰か助けてくれ！」

藁《わら》にもすがる思いで助けを乞《こ》う。

もうダメかと思った瞬間、胸元が燃えるように熱くなる。熱かった胸元から熱がゆっくり全身に広がり、光の砂のようなものに身体が覆われていく。光の砂は黒い煙をあっという間に消し、徐々に息もできるようになる。

『また邪魔しやがって！』

子供が大声で叫び、怒りをぶつけるかのように小さな手で首を絞められる。到底子供と思えない力でベッドから引きずり出され、俺の身体が宙に浮く。苦しい――振り解《ほど》けない。

「や……めろ」

『あれ？　何これ？　プッ。はははは』

いきなり笑い出した子供が、首にかけていた手をパッと離すと床に落ちる。あまりに苦しくて咳き込んでしまう。まだ、腹を抱えて笑ってやがる子供を睨みつけた。

「ゴホッ。何がそんなに可笑《おか》しい？」

『邪魔になりそうだったから、殺そうと思ったけど。プッハハ。調味料なんてクソみたいなスキルならその辺の羽虫のほうが強そうだよ』

「ほっとけよ、クソが」

俺だって好きで調味料を選んだわけじゃない。いつまで笑ってやがんだ、こいつは。

『そうだね……特別に生かしておいてあげるよ。もう一人は手に入ったしね。精々底辺を這《は》いつくばりながら、羽虫より長生きできるといいね』

「もう一人って、一緒にいた女子大生か？　おい！」

子供が、徐々に薄くなり目の前から消える。

消える直前まで大笑いしやがって。だが、あいつの俺への興味が消えたのなら助かった。あのままだったらやられていた。あの砂の光が何か分からなかったが……。

安堵《あんど》からかどっと疲れが押し寄せ、瞼《まぶた》が重くなったのまでは覚えている。

## 3　可愛いと正反対の出会い

「ゴキャコーゴキャコー」

外から聞こえてくる酷い鳴き声で目が覚める。差し込む眩《まぶ》しい光で目が痛い。ああ。朝か……。

床で寝てしまったのか？　頭、痛《い》てぇな。

「ゴキャゴー」

喉に何かが詰まったような大きな鳴き声が余計に頭に響く。昨夜は、確か子供……。

昨夜のあれは夢だったのか？　すげぇ調味料のスキルを馬鹿にされたのは覚えている。胸糞《むなくそ》悪い夢だったな。

「なんか首も痛《い》てぇな。寝違えたか？」

身支度《みじたく》後に、一階へ下りる。台所では、ジョスリンの母親が鼻歌を歌いながら朝の支度をしていた。こちらに気づいた母親が振り返り微笑む。

「リツさんですね。よく眠れましたか？　カーターの妻、メアリーです。娘を救ってくれてありがとうございました」

「いえ、初めまして。リツです。いきなりですが、トイレはどこですか？」

「ふふ。案内しますね」

メアリーに連れられたのは、外の小屋だった。おう、厠《かわや》か。小屋の中には木の足台と穴があった。

臭くはないのはなんでだ？

恐る恐る穴の中を覗く。うっ。何かいる。鑑定をする。

**【水属性スライム】　良好**

「何が良好やねん！」

思わず関西弁でつっこんでしまったが、ここに用を足すのか？　いや、もう我慢できねぇし、いいや。

別に狙ったわけじゃないが、スライムの脳天にシャワーがかかる。スライムはまるで両手を上げるかのように、ドロドロとした触覚を俺に向けてくる。我慢できないので大きいほうもするが、今の奴がどんな状態なのか想像もしたくない。

紙はない。生活魔法に感謝しながら、身体をクリーンする。出る前に、もう一度スライムを鑑定する。

【水属性スライム】　超良好

「超良好って……気持ち悪いな」

　さっさとトイレから出る。朝から恐ろしい経験をした。超良好ってなんだ？　駄目だ。考えたくもない。家の中に戻ると、ジョスリンに抱きつかれる。

「リツお兄ちゃーん！」

「おはよう。昨日は、ちゃんと眠れたか？」

「うん。あれ？　首、どうしたの？」

　首？　確かに違和感はあるが……。ジョスリンが、部屋から持ってきた手鏡で俺の首元を映すと、首には子供の手で絞められた痕《あと》がはっきりと付いていた。

「なんだよ……これ」

　昨日の出来事は、まさか夢じゃないのか？　だとしたら、あの子供神らしき存在が俺をこの世界に連れてきた張本人なのか？　邪魔されたと憤《いきどお》っていたが、どういう意味だ？　そもそも、あの子供が何者か分からない。悪意や害意があるのは確かだが。それに子供が言っていたもう一人とは、あの女子大生のことだろうか？

　ジョスリンが、不安そうにこちらを見上げたので、誤魔化す。

「ゴブリンに首を絞められた時に、付いたのだろうな」

「早く治るといいね。お腹ペコペコ。朝食の準備できてるよ。早く行こう」

ジョスリンに案内された朝食の席には、カーターとメアリーがすでに座っていた。食卓のいい匂いに、思い出したかのように腹が鳴る。

「リツさん、おはよう。朝から豪快な音だな」

カーターが笑いながら隣に座るよう促す。昨日は暗くて分からなかったが、カーターはまだ三十代半ば、村長にしては若い男だ。括《くく》った茶色に金の混じった髪に淡い青の瞳が印象的だ。

「昨日はよく眠れたか？」

「はい。泊めていただき、ありがとうございます」

「娘の命の恩人だから、当たり前だ。それから、これは礼だと思って受け取ってくれ」

渡された小袋には、銀貨が五枚入っていた。こっちの金の価値が分からないので、多いか少ないか判断ができない。礼と言っているので、多いと予想する。

「こんなに受け取れませんよ」

「いや、これでも足りないと思っている。だが、今回は冒険者への捜索料と今後のゴブリンの依頼料もある。すまないが、これくらいしかできない」

「分かりました。それでは、遠慮なくいただきます」

小袋を懐《ふところ》にしまう素振りをしてアイテムボックスに入れる。

朝食は、バゲットとスープに卵だ。卵の濃厚さに舌鼓《したつづみ》を打ち、カーターにやんわりと尋ねながらこの世界の情報を得る。

カーターの情報は基本、ジョスリンと同じ内容だった。ここはガドル帝国の最南端の村、通称

『最果ての村リスタ』。領主のバルバロス辺境伯は、この村を含め数カ所の街と村を治めているという。その一つは、南部最大の街ファレンスでリスタ村からは馬車で一週間ほどの距離だという。銀狼の剣を含め多くの森に入る冒険者は、ここから一日ほど離れた街『バール』を拠点としているそうだ。この村には、宿は一軒。繁忙期には、街全体で冒険者を泊めるそうだ。

「繁忙期とはなんだ？」

「雨季にな、この辺はフォレストフロッグだらけになる。奴らの皮は高く売れるから、大勢の冒険者が討伐するために村を訪れる」

か、蛙《かえる》か。蛙は苦手なんだよな。皮ってことは、でかい蛙だよな？

「繁忙期はいつだ？」

「一カ月後だ。それまでに、ゴブリン問題が解決すればいいが……」

カーターは村の重要な儲け時をゴブリンのせいで失うわけにはいかないと頭を悩ませているようだった。

「しばらくの間、この村に滞在したいのだが、宿屋は空《あ》いているのか？」

「いやいや。うちに好きなだけ泊まってくれ。お願いだ。そうしてくれ」

迷惑でないかと少し迷ったが、この世界のことが分からないうちは厚意に甘えておこう。

「そうか。分かった。ありがたく世話になる。その代わり、俺にも何か手伝わせてくれ。何もせず、世話になるのは忍びない」

カーターは初めは拒否したが、やや強引に粘《ねば》る。何もせずに過ごすのは性に合わない。

「リッさんがそう言うのなら、分かった。よろしく頼む」

「こちらこそ、よろしく頼む」


朝食を済ませ外に出る。昼からゴブリン問題の件で村の集会が開かれるらしい。それまで、村の見学でもするか。背伸びをして欠伸《あくび》をしていたら後ろから声が聞こえた。

「おい！」

振り向くと、燃えるような赤毛の女が仁王立ちしていた。見たことのある人物だ。昨日、武装してた女の一人だよな？

「なんの用だ？」

「アンタ、本当に冒険者でもないのにゴブリンリーダーを倒したのか？」

自己紹介もなしに、いきなり質問かよ。鑑定をする。

【マチルダ】　普通

普通……？　体調、それとも強さが普通ってことか？　どっちだ？　今朝のトイレスライムは謎の超良好だったから、体調だろうな。そんな情報、なんの役に立つんだよ。

マチルダは軽装だが胸当てなどの防具を身に着け、双剣と短剣を仕込んだ腰当てを装着していた。背中には、弓も抱え武装している。冒険者ということもあり、無駄な脂肪のない筋肉質な身体だ。

そう、無駄な脂肪のない――。

「てめぇ、どこ見てんだよ！」

「待て。違う。武装している女性を初めて見たから胸当てを見ていただけだ」

「女の冒険者を見たことがない？　どこの坊ちゃんだよ。出身はどこ？」

「……遠い異国だ」

マチルダが、訝しげにこちらを凝視する。これ以上、墓穴《ぼけつ》を掘る前に話を終わらせよう。

「ゴブリンリーダーだったか？　ああ、確かに倒したぞ」

「どうやって倒した？」

「そういう詮索はしないいんじゃないのか？」

「アンタは冒険者じゃないでしょ？」

「それは屁理屈だな」

「なっ」

マチルダが反論をする前に、背後からライリーが話しかけた。明るい場所で見るライリーは焦げ茶色の髪に緑の瞳で顔にいくつかの傷跡のある大柄な男だった。

「マチルダ。出発の時間だぞ。何、やってんだ？」

「彼女が、ゴブリンの件で詮索しているだけだ」

「ああ、あんたか。マチルダ、やめろ。ゴブリンリーダーの件はしっかりこの目で見た。彼は嘘をついていない」

ライリーは、ため息混じりにマチルダを注意する。注意というより、恋人を宥《なだ》めているようだ。二人の距離が近いので親密な関係かもしれない。

マチルダは、納得のいかない顔をしながらもライリーに分かったと返事をする。何故か分からないが、俺のことが気に入らないのだろう。マチルダは、まだ十八、九のお子様に見える。若干自分中心の性格のようで、俺の苦手なタイプだ。できるだけ関わらないようにしよう。

ライリーがマチルダを紹介したので、俺も挨拶をする。

「マチルダさん、よろしく」

「マチルダでいい」

それだけを言うと互いに無言になったのでライリーが苦笑いする。

「マチルダ、リツに絡んでいる暇があるのなら、出発の準備でもしろ。みんな、待ってるぞ」

銀狼の剣のメンバーは六人のようだ。ライリー含めた二人が剣士で重戦士、魔法使い、ヒーラーがそれぞれ一人ずつ、それから双剣と弓のマチルダか。ファンタジーの冒険者パーティーって感じだな。ライリーに尋ねる。

「銀狼の剣は今日、森へ行くのか？」

「依頼でな。夕方には、戻ってくる予定だ」

出発をする銀狼の剣を見送りながら手を振る。マチルダ以外のメンバーは手を振ってくれた。マチルダ、感じ悪い奴だな。

集会の時間までリスタの村を見て回る。平屋が多く、大きな規模の村ではないが行き交う人には笑顔で挨拶される。村を囲む頑丈な塀以外は、平和な村って感じだな。

「ゴキャコー、ゴキャコー」

あの汚い鳴き声はこの鳥か。放し飼いされてる鳥が十数匹集まっていたので鑑定をする。

【ババード】　空腹

鳴き声以外は普通の鶏《にわとり》にしか見えないが、あの朝食の濃厚な卵もババードの卵と鑑定に出ていた。

足元にババードが集まってくると、座っていた爺《じい》さんが声をかけてきた。

「兄さん、見かけない顔だね。冒険者かい？　ババードは人馴《な》れしてるが、餌に貪欲《どんよく》だ。餌やりでもしてみるかい？」

爺さんから穀物を潰した餌を受け取ると、遠くにいたババードたちも凄《すさ》まじいスピードで足元に集まり、餌を早くよこせと足を突《つつ》いてくる。地味に痛いので餌を全て遠くへぶち撒《ま》けるとババードは一斉に餌に走った。今の地味な足の突きの攻撃でＨＰが1減っている。

「ははは。だから言っただろ？」

「爺さん、あれはこの村の家畜か？」

「ああ。ババードだ。良い卵を産んでくれる」

「確かに、卵は美味かったな」

足の怪我で餌にありつけないババードが一匹、他から離れた場所にいる。再び爺さんに餌をもらい、負傷しているババードにあげると凄い勢いでがっついてきた。頑張って生きていけよ、鳥――

ああ、そういえば、治療スキルは動物にも有効なのか？　ババードの足を触り治療を唱えると、怪我が治っていく。おお、すげぇ。スリスリと身体をすりつけてくるババードを撫でる。

「お前も怪我が治って嬉しいのか？」

「ゴキャコ！」

上機嫌でババードが鳴くが、本当に不細工《ぶさいく》な鳴き声だな。

大きな鐘の鳴る音が聞こえる。爺さんに尋ねると、あの鐘は集会を知らせるものだという。

「そうか。集会は、どこへ行けばいいんだ？」

「あの鐘のある広場に行けばいい。あっちだ、すぐ見える」

「助かる。ありがとう。爺さんは、行かないのか？」

「娘夫婦がもうすでに向かった」

村の中心にあるという広場へ向かう。大きな鐘のある広場にはすぐに到着する。広場には、すでに百人ほどの村人が集まっていた。思ったより人が住んでるのだな。

中央の演壇にカーターが上がり、右手を上げるとガヤガヤしてた広場が静かになる。

「集まってくれて感謝する。すでに知っている者も多いと思うが、行方不明だった娘が昨晩無事に帰ってきた。犯人は、予想していた通り……ゴブリンだ」

広場が再びガヤガヤと騒がしくなる。村人は不安な表情で互いに顔を見合わせる。

「ゴブリンなんて滅多にこっちに来ないのに……」

「森では夫も息子も木こりしてるのに、不安だよ」

「ジョスリンはどうやって奴らから逃げたんだ？」

カーターが演壇を叩きながら、村人に静かにするように促した後に話を続けた。

「娘のジョスリンは、森で偶然会った青年により助けられた。その者の情報によると、ここから一日以上離れた場所で娘を保護したという。ゴブリンの巣は、村からは離れている」

村の集会ではその後、今後についての討論が行われた。最終的には冒険者を雇い、ゴブリンの巣の大きさを調べることで話し合いは終わった。領主に報告して援助を乞うかは巣の大きさで決めると村人の多数決で決まった。意外と民主主義な村だな。

ジョスリンとメアリーが手を振りながらこちらへ歩いてくる。

「リツお兄ちゃーん」

「リツさんも集会にいらしたのですね。夕食の買い物をしますが、一緒にいかがですか？」

「いいですね。同行します」

ジョスリンに手を繋いでとお願いされたので、手を差し出し村の市場へ向かう。

「ジョスリン、リツさんに迷惑をかけたらダメよ」

「これくらい、迷惑ではないから大丈夫だ」

すぐに市場へ到着する。屋台の八百屋、肉屋、それから生活用品屋が並び、小さな露店もあるが決して広い市場ではない。商店並びには鍛冶《かじ》屋や薬屋の看板も見える。

「この村に冒険者ギルドはあるのか？」

「この村にはないわ。一番近い冒険者ギルドは、バールの街ね」

ここから馬車で一日かかる距離にある街か。バールまでの移動手段は、一カ月に一度訪問する大型の商人馬車か不定期にバールへ物を売りに来る村の商人の馬車に乗せてもらうのが主流とのこと。繁忙期になると、冒険者向けに定期便の馬車が頻繁に出るという。

その他に徒歩という方法もある。だが、徒歩だと上り下りが多く、荷物が多かったり団体だったりすると一週間弱はかかるという。遠いな。

「リツさんなら数日もあれば着くかもしれないけど、上り下りの激しい山道だからおススメはしないわ。それに、道中、魔物や盗賊の危険性もあるのよ」

「盗賊がいるのか？」

「最近は聞かないけれど、以前は頻繁に目撃情報があったわね」

「そうなのか」

メアリーが言うには、頻繁に出る盗賊のせいで以前は開拓が進まなかったらしい。見かねた領主が私兵を派遣、盗賊の討伐をしたそうだ。情報通り、良い領主なのかもしれない。

「今でも魔物はよく出るから、バールまでは冒険者を雇うかすでに雇っている商人の馬車に乗る時が多いわね」

「銀狼の剣も徒歩でここまで来ているのか？」

「彼らは、いつも馬車を借りてきてるはずよ」

そうだよな。ライリーは、今朝の感じではそんなに悪い奴には見えなかった。金を払って銀狼の剣の馬車に乗せてもらうのも手だな。

ギュッと強くジョスリンが手を握る。

「お父さんはうちにずっと泊まっていいって言っていたよ！」

「ジョスリン、やめなさい」

メアリーがジョスリンを軽く叱る。ここにずっといるつもりはないが、繁忙期の一カ月後まで情報集めやレベルアップのためにここに留まるのも悪くないかもしれない。何も知らないまま、いきなり街へ行ったら身包《みぐる》み剥がされ無一文になる結末も否定できないしな。ゴブリン次第でもあるが……ジョスリンに笑顔で返事をする。

「少しの間は、ジョスリンの家に世話になる予定だ」

「リツお兄ちゃん、私と毎日遊ぼう！」

「毎日か……考えておく」

メアリーが八百屋で足を止め、丸い玉のような茶色の野菜を手に取ったので鑑定をする。

**【ガンド】　普通**

ガンドってなんだよ！　絶賛、不親切仕様は続いている。名前だけ出ても何か分からないのでメアリーに尋ねる。

「それはなんだ？」

「ガンドよ。この地方でよく採れる土の中にある植物なの。調理しやすく腹持ちも良いのよ」

「なんだ、兄さんはガンドを見たことないのか？」

そう笑いながら八百屋の親父がガンドを二つに割る。中は粘りのある白い芋《いも》のようだ。味は分からないが、この村では毎日食卓に出る食材だという。

「切ってもらって悪いな、それは買い取る」

「いやいや、オマケだ。受け取れ。あんただろ、ジョスリンちゃんを助けたのは？　まぁ、こんな物だが礼だ」

「分かった。じゃあ、遠慮なくいただく」

八百屋の親父が言うには、ここは森の開拓のためにできた村で子供は少なく大切にされているらしい。確かに、子供の姿はそんなに見てないな。

「リツさん、買い物はこれで終わりです。家に帰りましょう」

「ああ、今行く」

カーター家に帰宅すると、またトイレに行きたくなるが……あのスライムがいるトイレを使うのかと思うと気が重い。

「背に腹は代えられないな」

出るもんは出るのだからどうしようもない。トイレに入り穴を覗く。モゾモゾとスライムが動くのが見える。いるな。一応、鑑定をする。

**【水属性スライム】　普通**

普通か。待て……鑑定の表示が途中で変化する。

**【水属性スライム】　良好**

俺を見て良好になったのか？　そんな知能の高い魔物には見えないが……スライムにも感情があるのだろうか。暗くてはっきりとは見えないがキラリと二つの目が光る。他のスライムに目なんかあったか？

スライムは、こちらにバンザイしながらシャワーを待つ体勢になる。

「こいつ……触手上げてアピールしてやがるのか？　キモイな」

さっさとトイレを済ませ、家の中へ戻ると部屋は美味そうな匂いが充満していた。台所では、メアリーが昼食の準備をしているのが見える。カーターは、まだ戻っていないようだ。

「リツさん、もうすぐ昼食の時間よ。残り物のスープとパンで大丈夫かしら？」

「十分だ。何か手伝えることはあるか？」

「もうできているから大丈夫よ。カーターは、昼は戻らないから三人で食べましょう」

スープは優しい味の軽いものだが、ちょうど良い量だ。ガンドは、夕食に使うそうだ。

昼からは、ステータスについて考えたいことがあったので一人で行動する。ジョスリンも昼からは、メアリーに字を教わるそうだ。本人は、勉強したくないと嫌がっていたが、勉強頑張れと声をかけ、村の入り口へ向かう。


門に向かう途中、知らない村人が名前を呼びながら手を振ってきた。フレンドリーだが、新参者に関する話が伝わるのが速いようだ。小さい村あるあるだな。俺は、元々社交的な人間ではない。手は振り返すが、言葉は交わさない。人間、そう簡単には変わんないよな。社交性……今後の課題だな。

村の入り口に到着する。今日の門番も昨日と同じ青年だ。

「おう。あんたか。外へ出るのか？　一人で大丈夫か？」

「ああ、そんなに遠くには行かない」

「そうか。気をつけろよ」

カーターには、村への出入りは好きなようにしていいと許可を得ていた。門番も検問ではなく、魔物の襲撃を危惧《きぐ》しての見張りのようだ。カーターの情報では、普段は村の周りには厄介な魔物は少ないとのことだが……索敵は常時発動していても損はないだろう。現に索敵にはポツポツと動物か魔物か知らないが、緑の点が表示されている。

門を抜けるとすぐに森が広がる。この村は開拓村とは聞いたが、よくここに村を作ることができたな。相当な労力だったと推測する。門番から見えないよう森に入り道を進む。

「ここまで来たら大丈夫だろ」

素敵で見る限り、周りには大した敵はいなそうだ。

「ステータスオープン」

［ヤシロ　リツ］　21歳　上位人族
LV：14
HP：55（＋50）
MP：50
ATK：25（＋50）
DEF：20（＋50）
LUK：16

レベルのメーターは一割もいっていない。これが満タンになると次のレベルに上がる。強い魔物を倒すほどメーターが増えるんだろうが……そういう詳細の説明は全くない。

ステータスのMPの数値は減っても少しずつ自然回復をしているようだ。寝て起きれば朝にはMPが満タンになっている。

昨夜の子供、というか神……じゃない、神的な存在も気がかりだ。奴は、存在Aと呼ぶか。魂の回収が目的と宣《のたま》っていたが……なんのためだ？　首を絞められた痕は治療で薄くなったが、絞められた感触はまだ残っている。あの黒い煙や俺から出た砂の光も一体なんなのか分からない。

存在Aは、もう一人の魂は回収したと言っていた。十中八九、あの女子大学生の話だろうな。今の俺がどうにかできる話ではないが、今後どこかで再会するような気がする。その際は友好的であってほしい。それはさておき、存在Aの言っていた『横取り』の話から推測すると、他にも奴と同等の神的な存在が俺の魂を奪ったということになるが――。

「考えても仕方ないな」

答えの分からない問題を考えても結論は出ない。どうにもならないことは放置だ。頭を振り、アイテムボックスを確認する。

**【アイテムボックス】**　木剣×1、パン×7、銀貨×6、銅貨×3、ナイフ×1、水属性スライムの核×20、土属性スライムの核×5、フォレストウルフの核×6、フォレストウルフの死骸×1、ジャッカロープの死骸×1、一角兎の死骸×12、マンイーターフィッシュの死骸×1、フォレストゴブリンライダーの核×8、ゴブリンリーダーの死骸×1、ゴブリンリーダーの核×1、フォレストゴブリンの核×5、フォレストクロウの死骸×

11、レッドスパイダーの死骸×7、ダブルホーンジャッカルの死骸×5、オレガノ×10、ローズマリー×10、マナ草×45、回復草×10、毒消し草×10、媚薬草×1、マジックマッシュルーム×1、大剣×1、棍棒×6、剣×4、塩、胡椒

物が結構貯まったな。村で売れる物があるかもしれないから、後でメアリーかカーターに相談するか。しかしこのアイテムボックス、もっと上手く整理できないのか？　入る容量も未だに謎だ。調味料はせめてグラム表示にできないのかよ！

アイテムボックスに手を出し入れして整理するようにイメージしてみたが、何も起こらなかった。俺、整理整頓とか普通に苦手だしな。その性格がスキルに表れたのか？

次はスキルだな。そういえば村の奴らにステータスがある様子はなかった。ステータスの存在自体を知らないのかもしれない。だとしたら、こうやってチェックしたり触ってたりするのを見られたら変な奴だと思われてしまう。

スキルを表示する。

スキル：　【治療】【生活魔法】【索敵】【鑑定Lv2】【風魔法Lv2】
　　　　【調味料Lv3】
上位人族スキル：【言語】【アイテムボックス】【能力向上】

鑑定は……表示に触ると、Lv２で人の状態を見ることができると書いてあった。

風魔法は、Lv２で使える魔法はそよ風と旋風だ。次のレベルアップまであとどれくらいかを示しているメーターはすでに貯まっており、もうすぐ上がりそうだった。

調味料は、Lv３で生成可能なのは塩、胡椒にマヨネーズか。こちらは次のレベルまでまだメーターが残り半分以上ある。

今後の目標はレベル上げだな。剣の使い方を学ぶのも必須だ。今の雑魚《ざこ》のままだと、どこかで魔物や盗賊に確実に殺される。

だがな、存在Aが馬鹿にしていた羽虫のように這いつくばって生きてやるさ。

レベルが上がりそうな風魔法を連発する。

「『旋風』『旋風』」

何度も旋風を連発したせいで、辺りには葉や埃《ほこり》が舞っている。

「『旋風』」


**(風魔法のレベルが上がりました)**

お！　上がったな。何が増えた？

**【風魔法Lv３】　そよ風／ＭＰ１**

旋風／ＭＰ５
突風《とっぷう》／ＭＰ10

突風か……使うＭＰが旋風の倍になったな。ＭＰはあと25あるので、突風を試してみる。

「『突風』」

強い風の塊が手から放出される。想像よりも強い風にバランスを崩し、突風を上空に撃ち上げてしまう。

突風は、生い茂っていた木を駆け上がって空に放たれた。バサバサと鳥が飛び、突風の風で折れた木の実や枝が真上から落ちてきて顔を直撃する。

「痛《い》て、痛《い》てて」

これは、練習しないと無駄撃ちを連発しそうだな。とはいえ威力が高い魔法は助かる。

とりあえず、森で試したかったことは以上だな。ＭＰが心許《こころもと》ないので急いで村へ戻る。

村の前で別の青年に代わった門番に軽く挨拶をすると、突風の音について尋ねられる。

「さっき凄い音が聞こえたが、あんな近くに魔物がいたのか？」

「いや、違う。俺がスキルの練習をしていただけだ」

「攻撃魔法か？　さすが、ゴブリンリーダーを討伐しただけあるな」

話が広まってるな。小さい村で秘密にってほうが無理か。スキルの詳細の話は伏せ、門番と軽く雑談をしてからカーター家へ戻る。

◆　◆　◆

カーター家の裏口から中に入ろうとして足を止める。扉の前にいるのは……例のトイレスライムだ。

……こいつ、あの穴から這い出すことができんのかよ！

俺に気づいたスライムが振り向くと、やはり二つの目が付いている。くりくりした目を輝かせ近づいてくる。スライムを避けながら家の中へ入ろうとするが、行く手を何度も阻まれる。面倒だから表の入り口に向かおうとするが、それすらも阻まれる。

「なんだよ、お前。キモイな」

スライムはニョキニョキと触手を生やし、またバンザイのポーズを取った。ここで用を足せってか？　絶対に嫌だ。

「キモイからトイレに戻れって！　マジでキモイ」

急にスライムがパッと眩しく光り始める。まばゆい光に耐えられずに目を閉じる。光はすぐに収まり、目を開けるとキラキラと光っていたスライムが徐々に元の水色に戻った。

「今のは……なんだ？」

いつの間にか足元まで来たスライムは、先ほどよりも艶《つや》があるように見える。

スライムが、蝕手で俺の靴紐を握り始める。

「あ、おい！　勝手に靴に触んなって」

スライムを軽く蹴って距離を取ったが、再び足元に近づいてくる。何度距離を取ろうが、負けじとついて来る。

……なんだよ、こいつ。

人の家のトイレスライムだから勝手に殺したりはしないが……いい加減追いかけてくるのはやめてくれ。トイレをしたら、つけ回すのやめてくれんのか？　トイレを催促してんのか？

一応、鑑定をしてみる。

【キモイ】　超良好

名前が……おい！　待て待て！

もう一度、スライムを鑑定する。

【キモイ】　超良好

「いやいやいや、そんなのおかしいだろ」

何度鑑定しても、【水属性スライム】から【キモイ】に名前が変わっていた。これ、個体名だよな？　そういえば、俺、何度もキモイって連呼していたな。それでか？　まさかな？

ピッタリと足に引っ付いてスリスリしているスライムを見下ろす。

俺が、こいつの名付け親になっているのか？　さっきの光は名付けの契約だったのか？　勘弁してくれよ、おい。

スライムが俺の脚を伝って上《のぼ》ってくる。

「おい！　お前！　脚に巻きつくなって！」

スライムを剥がそうとするが、全く動かない。スライムの感触は、水枕に似ている。それに、若干だがひんやり冷たく心地いい。外見は艶がある感じだが、特に服が濡れるわけでもない。スライムを触った手の匂いを嗅ぐが無臭だ。

「リツさん、家に入らずにどうしたんだ？」

帰ってきたカーターに、スライムが脚に巻きついている姿を目撃される。

「いや、これが」

「これは、スライムに随分と懐かれたな」

「懐く？　これが、その取れないんだが」

「いやはや、久しぶりに見たな。リツさんを主人だと認識したようだ」

カーターが言うには、稀《まれ》に魔物が人を主《あるじ》だと決め、懐くことがあるそうだ。

「俺はこんなのいらないんだが……」

スライムの脚を締める力が強くなる。地味に痛い。こいつ、言葉を理解しているのか？　感情があるのは確かだ。それを見たカーターが笑い出す。

「これはどうやら、リッさんが認めるまでしがみついて離さないようだな」

「いや、これはカーターのトイレスライムだろ？」

「代わりのスライムをまた捕まえれば済む話さ」

いやいや。俺は、これいらないからな。トイレにいた生物なんかいらん！

「リッさん、心配しなくても、スライムは綺麗好きで雑食だ。一緒にいても害はない。それにこのスライムのように目のある個体は長生きするという話だ」

「いや、しかし……世話になってる家だ」

「スライムを中に連れてきても構わないさ。ま、考えてやってくれ」

カーターの厚情《こうじょう》には感謝するが、俺は前世でもペットなんか飼ったことはない。植物でさえ、数週間と保たずに枯らしていた常習犯だ。

カーターが先に家に入ると、しばらく外で俺を凝視するスライムをどうするか考える。結局、スライムの脚ホールドから解放されないまま、答えも出ずに辺りが暗くなり始める。

裏口が開き、ジョスリンが声をかけてくる。

「リッお兄ちゃん、夕食の時間だよ！」

「あ、ああ。今行く」

「わぁ。本当にスライムが懐いてる。リッお兄ちゃん、とっても幸運だね」

ジョスリンが目をキラキラさせながら言う。でもそれは絶対違うだろ。

夕食の席に着くが、結局スライムは脚に巻きついたままだ。こいつのゴールがどこに向かっているかは知らないが、ひとまず腹が空いた。変なスライムのことは一旦保留だ。

「リツさん、今夜はガンドと豆の煮込みです。あら、本当にスライムが懐いたのですね」

「はは……は。それでは、いただきます」

一人暮らしが長いせいか「いただきます」と言葉に出すのは久しぶりだ。そう言っただけで手は合わせていないが、カーターたちにも食前の祈りの習慣はないようですぐに食べ始めたので、俺の振る舞いも失礼ではないだろう。

ガンドと豆の煮込みを一口食べる。なるほど、味は人参《にんじん》に近いが食感は里芋だ。豆との相性も良く美味《うま》い。メアリーがパンを差し出しながら尋ねる。

「口に合ったかしら?」

「ガンドの煮込み、美味いです」

「私の好物だよ!」

ジョスリンが口に食べ物を含みながら大声で喋り、両親に注意される。

「おっと、豆が床に――」

豆が皿から逃げ、テーブルから落ちた。拾おうと頭を下げ、後悔する。落ちた豆は、スライムが触手を伸ばしキャッチしていた。俺をじっと見つめ、伸ばした触手でそのまま豆を渡そうとしてくる。

「いらん。お前が食え」

受け取りを拒否すると、スライムの蝕手の上にあった豆がスッと体内に入り消えていく。カーターの説明通り、こいつは雑食なんだな。蝕手を差し出し、おかわりを希望するスライムにもう一つ豆をあげると、同じように吸収した。スライムは豆をもらってはしゃいでいるようにも見えた。本当に変な生き物だ。

夕食後、就寝の挨拶をしてスライムを足に付けたまま部屋へ戻る。トイレが外だから期待はしていなかったが、やはり風呂などはない。村人は生活魔法を持っているようで、風呂がなくとも特に困っていないようだ。

自分にクリーンをかけると、スライムもともに綺麗にされた。嬉しそうに何度も瞬《まばた》きしながら蝕手をウネウネさせ身体を擦りつけてくることに、俺はため息をつきながら額に手を当てる。

「分かったよ。俺の負けだ。お前がついて来たいのなら、そうしろ」

そう言うと、スライムはようやく俺の脚を解放して元の楕円形《だえんけい》に戻った。が、物欲しそうな顔でこっちを見上げる。

「なんだ？　なんか欲しいのか？」

スライムは、モジモジして何かしてほしそうだが……。

「ここで、トイレはしないぞ」

プルプルと全身を揺らすスライムは、どうやら別のことを伝えたいようだ。あー、そうか。

「名前か？　名前を変えてほしいのか？」

触手を床にピシピシと打ちつけ目を大きくしたスライムは、若干怒っているようにも見える。あれ？　違ったか？　今度は触手で俺を指しながら、自分を指し始めたスライム。

「おお。名前で呼んで欲しいのか？『キモイ』どうだ？」

嬉しそうに何度も触手を上げるキモイに思わず苦笑いをする。

本当にこの名前でいいのかよ。

ともあれ、このキモイというスライムを飼うことになった。まさか異世界で生物、しかもスライムを飼うことになるなんてな。笑いながらベッドに横になろうとして止まる。

「キモイ……お前、何を勝手にベッドに入ってんだよ」

枕元で寝る体勢に入っていたキモイを床に下ろす。お前は床だって！

その後、ステータスをチェック、回復していたMPで塩と胡椒を生成して使いきる。

「この作った調味料はどうすっかな」

調味料販売、それは金になるだろう。だが、気をつけなければ市場のバランスが確実に崩れる。なんせ、MPが許せば無限に生成が可能なのだ。権力者にスキルを利用されるというチープな結末も招きたくない。最悪、市場を乱した罪などで掴まる可能性だってある。ここで調味料にどれほどの価値があるのかはまだ分からないが、生産者のいない調味料をおいそれと多方面に販売できないのだけは確かだ。最果ての村の台所にも塩や油は普通にあったので、ある程度の流通はしているのだろう。

キモイが足に擦り寄ってくる。そういえば、こいつの餌ってどうしたらいいんだ？　雑食だからなんでも食うのだろうが……。

「キモイ、お前、肉は食うのか？」

両蝕手を上げた『クレポーズ』をしながらキモイが餌を待つ。恐る恐る一角兎をまる一匹、蝕手の上に置いてみる。一角兎はゆっくりキモイの中に沈み——やがて完全に溶かされ消えた。

「すげぇな。完全に消化したのか？」

もう一匹兎を与えると、同様に角まで消化した。食い物以外も消化するのか？　試しにゴブリンの鉄棍棒を与えると棍棒はゆっくりと沈み、キモイの腹部分からそのまま出てきた。

「鉄は無理か——って、これ、さっきより綺麗になってるな」

棍棒は汚れや錆《さび》が取れ、綺麗な状態になっていた。こいつ、汚れだけを食ったのか？　そんなことができるのか？

「さすがに棍棒を食うのは無理か」

そう言うと、キモイがプルプルと身震いをして棍棒を奪い、消化した。

「食えんのかよ！」

これは便利だな。ゴミを全部食ってくれそうだ。食った物は、キモイの栄養になっているのか？

「お前、凄いな」

キモイを撫でると、嬉しそうにプルプルと身体を揺らした。ある程度言葉も通じて、感情もあるのか。倒してきたスライムたちは、そんな感じはしなかった。こいつだけ特別なのか？　このくりくりした目も珍しいという。

瞼が重くなり大きな欠伸《あくび》が出る。眠たい。

「寝るぞ。キモイ、お前はもちろん床だ」

ベッドに横になりゆっくりと瞼を閉じると、すぐに深い眠りについた。

◆　◆　◆

次の朝、ババードの酷い鳴き声で目が覚める。身体が重いと思ったら、腹の上にキモイが乗っていた。

「おい！　何、勝手に乗ってやがる！　下りろ」

キモイを突いても全く動かない。熟睡中か？　そもそもスライムって寝るのか？

「これは、なんだ？」

キモイの横にあった丸い鉄の玉を手に取る。すると、ちょうどそのタイミングで、寝ていたキモイの身体からもう一つ鉄の玉が出てくる。昨日の棍棒の鉄か？

「待て待て！　ってことは、これ、うんこじゃねぇか！」

手から落とした鉄の玉が床を転がっていく。急いでキモイを持ち上げ、起き上がる。

「キモイ、起きろ」

キモイはモゾモゾと起き、半目でフルフルと嬉しそうにこちらに触手を伸ばす。

ベッド上にあるもう一つの鉄の玉を鑑定するとただの鉄と表示された。もしかして、鉄は食えなかったのか？

「キモイ、お前、大丈夫か？」

鑑定をすれば良好と出ている。キモイも元気にピョンピョン飛び始めたので一安心する。たぶん、消化できずに出てきたんだな。だとしたらやっぱりこれは、無臭だがうんこだな。

「キモイ、ベッドでこれを出すのナシで頼む」

理解したか分からないが、膝の上でフルフルと返事をする。こいつ、ちょっと可愛いな。しかし、この鉄の玉はもしかしたら売れるのか？　今日は鍛冶屋にでも行ってみるか。

朝の調味料を生成する。調味料のレベルメーターも順調に上がってきているな。


支度後、くっ付いてきたキモイと台所に向かう。今日もメアリーが朝食の準備をしている。

「リツさん、おはよう」

「おはようございます。カーターは？」

「外にいるはずよ」

裏口から外へ出ると、ちょうどカーターがトイレから出てきた。

「リツさんもトイレか？　まだスライムを備えてないので、不便をかける」

「いや、俺がスライムを奪う形になったからな」

「飼うことにしたのか？」

「若干不本意ながらな」

カーターが、きっと良い相棒になると満面の笑みで言う。

カーターにスライムの調達法を尋ねると、川の近くでスライム用の罠を張って捕まえるという話だった。スライムは世話をすれば長く生きるそうだ。その中でも目があるスライムは長生きだそうだが、弱く脆《もろ》いためにすぐ死ぬことが多いという。キモイもすぐ死んでしまうのかと思ったら、少し残念な気持ちになった。

情が湧き始めてるな。

「リツさんのスライムは、すでに他の個体より強い可能性がある。目があるだけでなく、その足の巻きつきも然《しか》り、こんなに元気に動くスライムは初めて見るからな」

俺の足の間を八の字で動くキモイを見下ろす。これは、普通に歩きにくいんだが。言葉も理解してる時点で、特別な個体だろうな。

「新しいスライムの件だが、それ、俺が取ってきてもいいか？」

「いいのか？　こちらは、そうしてもらえば助かるが」

「ああ、いる場所と捕まえ方だけ教えてくれ」

朝食を食べながら、スライムの確保の仕方をカーターに習う。習うといっても、カーターが持っている罠を使うだけだ。籠罠に似た単純な罠だが、これが一番スライムを傷つけず確保できる罠だという。ジョスリンが手を挙げ言う。

「私も行きたい！」

「駄目だ」

「駄目よ」

ジョスリンはしばらく、俺と一緒にスライム狩りに行きたいと粘ったが、許しは出なかった。そりゃそうだ。つい数日前までゴブリンに連れ去られてた娘だ。親だったら心配だろ。

朝食を終え、スライム用の罠を持って村の入り口に向かう。足元には、キモイがペタペタとついて来た。門番の青年も最初は目のあるキモイに驚いていたが、基本スライムは無害だそうで問題はなさそうだ。門を出てペタペタと這いずるように歩くキモイ。

「キモイ、それがお前のマックスの歩きスピードなのか？」

ペタペタと一歩一歩がゆっくりだ。こんなだとスライムの狩場に着くのが昼を過ぎてしまう。完全に止まったキモイを見ると、触手を上げている。これ、抱っこの催促か？

「お前……分かったよ。抱っこしてやるから、こっちに来い」

キモイを抱き上げると、頭の上まで高スピードで上がっていった。普通にこのスピードで歩けよ。どうやら頭の天辺《てっぺん》に落ち着いたらしい。重くはなく、ひんやりした感触が気持ちいい。もしかして、キモイは最高の枕になるんじゃないのか？　試したいが……そのまま沈んで、俺の頭が吸収されてしまわないかが不安だ。

スライムの狩場の川の近くに到着する。索敵にはすでに見えていたが、結構な数がいるな。水場の近くだからか、鑑定すると全部水属性スライムだった。どれもキモイのような目は付いていない。罠などなくとも普通に狩れそうだな。逃げるスライムを追い、拾い上げ後悔する。

「マジで脆いんだな」

力を入れすぎたのか……スライムは潰れ、手の上はヘドロだらけになった。

カーターに借りた罠の籠を仕掛けることにする。鳥罠のような籠に棒を引っかけ、獲物が籠に入ったら棒に縛った紐を引っ張るという単純な罠だ。

罠の中にフォレストクロウの死骸を入れるとキモイが触手を伸ばす。

「あ、おい。お前のじゃねぇよ」

離れた位置からスライムが罠にかかるのを待つ。すぐに二匹のスライムが罠にかかる。紐を引っ張り、籠にスライムを閉じ込める。楽勝だな。籠に蓋をして、そのまま村へ戻る。途中、木こりらしき親子に声をかけられる。

「スライム狩りの帰りか？」

木こりはジムと名乗り、息子はアールと紹介された。

「リツだ。今は、カーターの家で世話になっている」

「おう。聞いてるぞ。ゴブリンリーダーを倒したんだろ？　凄いな」

「運が良かっただけだ。そんな大層な話じゃない」

「どちらにしても、ジョスリンを助けたって話だろ？　ありがとな」

木こり親子と別れる。

カーターの家へ戻るとジョスリンに抱きつかれる。

「リツお兄ちゃん、お帰り！」

「た、た、ただいま」

思わず、吃《ども》ってしまう。「ただいま」のこの言葉をいつ振りに言っただろうか？　奥からメアリーが顔を出しながら尋ねる。

「リツさん、スライムは捕まりましたか？」

「二匹捕まえたが、大丈夫か？」

「ええ、トイレに入れてもらえるかしら？」

トイレに向かい、スライムをゆっくり穴に流し込む。キモイまで穴の中に入ろうとするのでトイレの外で待機させる。ついでに用も足す。念のため、穴の中のスライムを鑑定する。

**【水属性スライム】　普通**

**（鑑定のレベルが上がりました）**

今回は鑑定のレベルが上がるの早かったな。まぁ、四六時中鑑定してたからな。しかし、スライムの状態は普通か。見た感じもこいつらには知性があるとは思えない。キモイが特別なんだな。レベルの上がった鑑定を確認する。

【鑑定Lv３】　対象の名前
対象の状態
対象の年齢

穴にいるスライムどもにもう一度鑑定をかける。

【水属性スライム（４h）】　普通

４h？　ああ、四時間ってことか。生まれたてじゃねぇか。そりゃ、脆いはずだ。トイレから出てキモイも鑑定する。

【キモイ（１）】　良好

「お前、一歳児だったのか」

一歳児だと思うと、キモイにもう少し優しくするべきだったなと後悔する。両蝕手を上げているキモイを抱え、台所へ向かう。テーブルでは、メアリーとジョスリンがすでに昼食を始めていた。

ジョスリンがパンを頬張りながら手を振る。

「リツお兄ちゃん、お昼は、パンのハムと野菜の挟みだよ」

「ありがとう。いただきます」

ハムが美味いな。なんの肉だ？　鑑定をする。

【フォレストボアのハム】　普通

フォレストボアって、ああ、あいつか。遠くから見たが、ドッシリした体格に凶暴な性格だった。メアリーによると、フォレストボアなどの大物は数十人で狩りをする時もあるという。肉屋が凄腕の狩人《かりゅうど》らしく、狩りは肉屋主体で行うらしい。それにしても、鑑定では普通と出ていたが、かなり美味しいな。表示はあくまで状態なのか。

食後に出された茶を飲みながら尋ねる。

「ここに、冬はあるのか？」

「南の最果てだから、冬は短いわね。少し夜間が肌寒くなる程度よ」

「夏が長いのか？」

「そうね。雨季も長いわよ。雨季は繁忙期だから忙しくもあるわね」

例の蛙の話か。蛙の想像をしただけで悪寒《おかん》が走る。身震いしながら話題を変える。

「鍛冶屋でこれを買い取り可能か分かるか？」

メアリーにキモイ製の鉄の玉を二つ見せると、凝視しながら言う。

「綺麗な丸い形ね。不純物も見た感じないわね。売れると思うわよ」

「あと、できれば薬草や魔物も売りたいのだが……」

「薬草なら薬屋が常時買い取りしてるわよ。魔物は食用なら肉屋だけど、素材の買い取り額は高くないわよ」

「それで十分だ」

素材の買い取りなら大きい街でしたほうが金になるということだった。幸い、アイテムボックスは時間の概念がない。魔物も腐らずに収納が可能だ。

「あと、金について教えてくれるか？」

「え？　お金について？」

「あ、ああ。この国の出身ではないから、通貨の価値を思い出したくてな」

メアリーは訝しげに俺を見たが、持っていた財布の袋から硬貨を出しながら説明をしてくれた。

この国の言葉を流暢《りゅうちょう》に話すのに何を言っているんだこいつ、と普通は思うだろうな。チグハグな俺に丁寧に対応してくれるメアリーたちには感謝しかない。

「一番小さいのが鉄貨、それから銅貨、銀貨。これが主流の硬貨よ。金貨以上のお金は街に行かないと使えないわ」

「そうか。鉄貨では何が買えるのだ？」

「そうねぇ、ガンドが四個ね。この村なら銀貨二枚あれば一家族が一カ月生活できるかしら」

ちなみに暦《こよみ》は以前の世界とさほど変わらないらしい。助かる。あの大きな人参芋のガンドが四個か。実際に買い物や取り引きをする必要があるな。鉄貨を百円くらいの価値だと考えると、銅貨は千円、銀貨は一万円になる。俺の金の換算があっているのなら一家族が月二万円生活か……。肉は共同で狩り、自宅の裏で野菜など育てているこの村だから可能なんだろうな。

市場には肉屋は一軒、八百屋も二軒と少なかった。上手く全員が共同生活できるように肉や野菜を回しているのだろう。

ジョスリンを助けた報酬に銀貨五枚をもらったが、一家族の二カ月半分の生活費か……それなりの大金だな。

午後からメアリーとジョスリンの三人で鍛冶屋へ向かう。

鍛冶屋の扉を開くと、カランと呼鈴が鳴った。受付の奥から現れたのは、体格の良い三十代半ばの男だった。

「メアリーか？　どうした？」

「カール、今日は、リツさんを紹介しに来たのよ」

「そうか。あんたの話は聞いてるよ。村の鍛冶屋のカールだ。武器も作るが、ここでは生活用品が多いな」

握手を求められたので手を出し名乗る。

「リツだ。よろしく頼む」

「頭の上のそれはスライムか？　また奇妙なのに懐かれたな」

頭の上で帽子のように寛《くつろ》ぐキモイにカールが笑う。

「こいつはキモイだ」

「そうか。それで、何が必要なんだ？」

懐から出すふりをして、鉄の玉を一つカールに渡す。

「これを買い取ってもらえるか？」

「ふむ。これはまた綺麗な丸い形だ。純度も相当いいな。街だったら、もう少し高値がつくが……一つだけか？」

「いや、二つある」

「そうだな、それならうちの店だったら、一つ銅貨二枚が限界だな」

銅貨二枚、二つで四千円程度なら上々だろう。

カールは元々バールの街で下積みの修業をしていたが、この開拓村で開業したらしい。開拓村のリスタで開業すれば、初め五年は税金が免除されるということだった。

価格比較としてゴブリンの棍棒も査定してもらう。

「ゴブリンの棍棒か。これは、銅貨一枚だな」

「そうか。今日は、二つの鉄の玉だけの買い取りを頼む」

元は同じ物だったにもかかわらず倍も価格が変わるとは……キモイは良い拾い物だったかもしれない。

銅貨四枚を受け取り、鍛冶屋の中を見て回る。日常品に紛れ、剣や斧《おの》といった武器もある。

「これは、なんだ？」

「それは、腹、股間《こかん》に脚用の防具だ。ボア狩り用に俺が作ったレザーアーマーだな」

ボアの牙が脚に突き刺さり、亡くなった村人もいるという。分かっていたが、この辺境の村では死は珍しくない。ボアやゴブリン然《しか》り、風邪などでも死に至る場合もあるのだろう。俺も他人事《ひとごと》ではないな。今は防具的な物は何もないので予算が合えば購入するのも悪くない。

「防具を探してるのか？」

「合う物があればな」

カーターが俺の背中や足を見ながら言う。

「体格はまぁまぁ良いな。使用武器はなんだ？」

「一応、剣だが……習ったわけではない」

大剣と剣を出しカールに見せる。どちらとも振り回す分には問題ないが、剣の技術等はない。本当に振り回しているだけだ。新しい身体のおかげで瞬発力や運動センスはあるが、それだけだ。

「おう。アイテムバッグか。この大剣は、相当使い込まれているが良い物だ。だが、剣の刃を研《と》いだほうがいいぞ」

「そうか。頼めるか？　ついでに防具も見繕ってほしい」

「任せろ」

大剣をカールに渡すと、「お前、これを振り回してたのか？」と大剣の重さに驚いていた。

時間がかかりそうなのでメアリーとジョスリンには先に帰ってもらい、カールが見繕った防具二種類を試着した。

「革製は軽く動きやすい。銅貨五枚だ。鉄製は重いが、防御力は高い。こっちは銀貨一枚だ」

鉄製は確かに重く、鉄の擦《こす》れる音が歩くたびに気になった。動きやすい革製のほうがいいな。

「革製で頼む」

「了解した。調節と剣の刃を研ぐから、数日後にまた来てくれ」

防具と剣の研ぎ代、合計で銅貨五枚に鉄貨五枚を支払う。

カールに礼を言い、鍛冶屋を出ようと入り口へ向かう。すると、ちょうどライリーが店に入ってきた。

「おう、あんた……リツか」

生気が抜けたようにライリーが笑う。

「随分と疲れた顔してるな」

「ああ。昨日は散々だったからな」

ライリーたち銀狼の剣は昨日、日帰り予定で依頼の素材集めに出かけたそうだ。だが、結局素材は採取できず、森の奥まで進んだところで、オーク二匹と鉢合わせをしたそうだ。おかげで、昨晩は森に野宿したらしい。

「今朝も依頼の素材を探したが……運がなかったな。明日また森に出発予定だ」

「そんなに難しい依頼なのか？」

「そうじゃないが、探している物が見つかりにくいだけだ。オークは思わぬ誤算だったが、オークの素材もそれなりの価値があるからいいさ」

オークは、肉や皮だけでなく眼球や爪に睾丸《こうがん》も売れる。だが図体《ずうたい》が大きい分、倒す労力も大きい。とはいえ、オーク討伐の経験は何度もあり、パーティーで連携を取りながらオークを倒しているそうだ。そこまでして見つけたい素材ってなんだ？

「それで、探してる素材が何か聞いてもいいか？」

「媚薬草だ」

媚薬草？　あの気持ち悪い人型の薬草か。あれなら持っている。ふと思いつき、媚薬草を渡す条件で剣を教えてもらうことを交渉しようとアイテムボックスから媚薬草を取り出す。

……ああ。こいつ、まだ生きてやがるのか。

媚薬草がクネクネしながらこちらを見る。相変わらず、顔のゴツい男がいらねぇウインクを送ってくる。こいつ、おっさん草だな。

「ライリー、これだが――」

「美しい」

「は？」

ライリーがいきなり膝をつき、おっさん草を艶《なま》めかしい表情で見る。普通に気持ち悪《わ》りぃ。

「こんなに美しい方がこの世にいるなんて。すぐにでも俺のものにしたい」

胸高まる顔で頬を赤らめ、おっさん草に愛を語り始めたライリー。目が完全にイッてるな。俺は何を見せられている。ライリーを鑑定する。

【ライリー（28）】　魅了

魅了って……このおっさん草、そんなことができんのかよ！　この魅了は、どうやら俺には効いていないようだ。種族の関係なのか分からないが、とにかく、急いで媚薬草をアイテムボックスに戻す。

「おい！　ライリー、おい！」

「美しい貴女……」

媚薬草を仕舞った後も、ライリーの魅了は続いている。ライリーの顔を引っ叩《ぱた》くが、反応が全くない。塩を目にぶつけたら正気を取り戻すか？

『塩』『塩』」

（調味料のレベルが上がりました）

ここでか？　何が増えた？

【調味料Lv４】　塩
胡椒
マヨネーズ

## ハバネロパウダー

は？　なんだよ、これ。順番がおかしいだろ……最初は『さしすせそ』から出せや。

ハバネロパウダーを手に出す。使用MPは5だ。もうこのエグい赤色から辛《から》いのが分かる。ハバネロパウダーを試しに少し舐める。ん？　そんなに辛くな――。

「あー！　普通にめっちゃくちゃ辛いじゃねぇか！」

ジワジワと口と鼻に辛さが伝わり、自然と涙が溢れる。口の中が痛い。水を飲もうとするが、ライリーが俺の脚にしがみついて離さず、おっさん草の行方を問う。

「おい！　離せって！」

「ああ、美しい彼《か》の方《かた》はどこへ……」

「うるせぇ。離せって。おい、揺らすな、あ、おい！」

激しく揺らされ、持っていたハバネロパウダーを全てライリーの顔にぶち撒けてしまう。

「美しい――う、うぇぇ。ぼげぇ」

ハバネロパウダーを顔に食らったライリーが、床にひれ伏しながら嗚咽《おえつ》する。俺も舞ったハバネロパウダーのせいで、目を開けられない。目が痛《い》てぇ。

「お前らどうしたんだ！　ゴホッ。この赤い粉はなんだよ！」

「カールか？」

目が痛く、カールの顔が見えない。生活魔法のウォーターを何度も顔にかけるとさらに痛くなっ

た。なんでだ？

治療をかけ続け、やっと映った視界にはカールの呆れ顔が見えた。

ライリーは未だに床で倒れ、苦しんでいる。自分と辺りにクリーンをかけるが、ハバネロパウダーは消えない。どうするか……水かけたらくそ痛かったからな。

「ライリー、顔を掻くな。待て待て」

「……テメェ、何しやがった？」

「キレるのはまだ待て、ちゃんと事情を説明する」

これは俺が悪い。知らないとはいえ、おっさん草を出してしまったからな。

しかしどうすんだよ、これ。そんなふうに迷っていたら、頭の上にいたキモイがライリーの顔に飛び移る。

「うわ、なんだ、これ！」

「あ、待て、ライリー！」

キモイを乱暴に掴もうとするライリーの両手を掴み、止める。よく見るとキモイはライリーの顔の赤い粉を吸っている。ある程度吸い終わるのを見て、キモイを呼び戻す。

「キモイ！　もういいぞ！」

ぴょんとジャンプをして頭の上に戻ってきたキモイは大丈夫そうだ。目を開けたライリーと視線が合う。

「どうだ？　マシになったか？」

「ああ、だいぶ楽になったが、一刻も早くこの体勢から解放されてぇな」

俺が覆い被さる形でライリーの両手を掴み床に……なんだよこの体勢、クソが。すぐに立ち上がり、互いに気まずい雰囲気になったが、ライリーに謝罪をする。

「俺が悪かった。媚薬草にあんな力があることを知らなかったんだ。申し訳ない」

「媚薬草だったのか？　記憶が飛んでるな」

「ライリー、防具も服も赤い粉だらけだぞ。裏で洗ってこい」

カールに連れられ、ライリーが店の奥へ向かう。

扉の前にぶち撒けたハバネロパウダーどうするかな……。するとキモイがズルズルと頭から落ち、散乱したハバネロパウダーを吸収していく。これは、掃除機みたいだな。こんなに辛いのを吸って大丈夫なのか？　鑑定をする。

【キモイ（1）】　超良好

心配はいらなそうだな……。奥から戻ったカールが驚きながら笑う。

「凄いな。なんだ、そのスライムは」

「俺もよく分からん」

「あの粉がなくなるのは助かる。ライリーは、奥で着替え中だ」

キモイの掃除が終了したので、着替えの終わったライリーに再び事情を話し、謝罪をする。

「本当に申し訳なかった」

「リツ、大丈夫だ。事情は分かった。生きている媚薬草の効果はより強力だからな。俺は魔力が少ない分、魅了されやすかっただけの話だ。これを見ろ」

「刺された古い傷か？」

手の甲の古傷は以前魅了を解くために刺された時のものだ、とライリーは言った。魅了の度合いは魔力の量が関係しているようだ。俺のＭＰは今50だが、ライリーの魔力はそれ以下ということか。

「しかし、あの粉はなんだ？　顔がまだ痛《い》てぇ。水を飲むとさらに口の中がヒリヒリしたぞ」

「異国の……辛い香辛料だ」

「あんなの食う国があるのか？」

「少量なら美味いんだがな」

ライリーは苦笑いしながら、キモイが取り残した鼻や耳の中に入ったハバネロパウダーを拭き、本題に入る。

「リツ、それで媚薬草を買い取ることはできるか？」

「実は、そのことで交渉したい」

ライリーに媚薬草を渡す代わりに剣術や体術を教わりたいと伝える。

「そんなことでいいのか？　構わないが、一週間後にはバールに出発予定だ。それまでの間になるが……媚薬草は高価だぞ。いいのか？」

「それまでの間で構わない」

「分かった。明日から特訓だ」

ライリーと握手を交わす。一週間でどれほど学べるかは分からないが、基本の剣術さえ知らない俺にとっては好条件だ。それに、あのおっさん草も手元から処分できる。あれがどれほど高価だろうが、扱い方を知らない俺が持っているのは危険だ。一刻も早く手放したい。

「ライリー、媚薬草はどうやって採取する予定だったのだ？」

「マチルダだ。あいつは俺たちの中では一番魔力が高く、媚薬草の魅了にもかからない」

「そうなのか……まぁ、明日からよろしくな。ライリーはこの後、宿まで戻るのか？」

「ああ。だが、もうしばらく休ませてもらう」

ライリー、すまん。

媚薬草と剣術の交渉は終了。剣術の練習は、明日の朝からになった。

## 4　冒険者との特訓

次の朝、カーターの家にライリーとマチルダが訪ねてくる。

「リツ、早速今日から稽古《けいこ》だ。準備はいいか？」

「今さっき朝食を済ませたところだ」

「朝食が無駄にならないと良いな」

ライリーが笑いながら言う。どういう意味だ？

カーターに事情を説明すると、家の裏庭で稽古をして良いと快く場所を貸してくれた。裏庭はそれなりに広い。稽古にはちょうど良いだろう。

「昨日は聞けなかったが、その頭の上のスライムはリツに懐いてるのか？」

「……そうだな。スライムのキモイだ」

「珍しいな。久しぶりに人間に懐く魔物を見た」

ライリーは、数年前にとある冒険者に懐いていた猫型の魔物を見たことがあるそうだ。猫型か、キモイと同じで特殊な魔物だろうか？

「早く始めないの？」

ため息をつきながらマチルダが言う。相変わらず今日も不機嫌そうだ。こんな態度なら先に媚薬草を渡すので帰ってくれないだろうか？　媚薬草の受け渡しは稽古終了後と決めていたが……マチルダと目が合うとツンと逸らされる。めんどくせぇ。

「マチルダ、リツにその態度はやめろ。失礼だろ。這いずり回りながら、また媚薬草を探しに行きたいのか？」

「分かってる。ごめん」

「謝るのは、俺にじゃないだろ」

マチルダに小声で謝罪される。子供かよ。大体何歳なんだよ。鑑定をする。

## 【マチルダ（16）】生理痛

マジいらねぇ情報だっつうの！

　確かに顔色は悪そうだが……知ったことではない。体調が悪いなら、今日は来なくてもよかっただろ？　それに、十六歳は日本なら高校生か。ガキだな。ガキにキレてもしょうがない。

「マチルダ、謝罪を受け入れる。顔色が悪そうだから、今日は、日陰で休むか帰って休んだほうがいいんじゃないか？」

「え？　なんで分かったの……」

「マチルダ、そうなのか？　それなら宿に先に帰ってろ」

　マチルダは大丈夫だと言ったが、別に無理して立っている必要がない。結局、マチルダはカーター家の中から窓越しに稽古を見学することになった。宿に帰れよ。

　キモイを頭から下ろし、準備をする。

「ライリー、よろしく頼む」

「先に聞いておくが、剣術は全くの素人か？」

「そうだ。剣を振り回せるが、技術は習ったことはない」

「そうか。今日は、これを使え」

　どれほど振り回せるのかを見たいとライリーが刃を潰した剣を渡してくる。大剣よりも軽い。これなら問題なく使える。

「よし。向かってこい」

「いくぞ！」

走りながら上から剣を振るが、ライリーに撫《な》でるように払われる。次は右から大きく剣を振る。ライリーの剣と交差し、鉄のぶつかる音が裏庭に響く。


実力を見るだけという話だったはずだが、剣を交え始めてから余裕で三十分以上経過している。

「リッ！　もうへばってんのか？　まだいけるだろ！」

体力的に問題はないが、終わりが見えない状態は精神的な面で来るものがある。それに、ライリー、絶対戦闘狂だろ。なんだよ、あの少年みたいなワクワクした顔は……。

「おらおら、リッツ。もう終わりか！」

一瞬だけだが、キモイがマチルダのいる窓辺へ近づいているのに気を取られたライリーに隙ができたように見えた。チャンスか？　空いているように見えたライリーの右側に剣を振ったが、ライリーは俺の剣を止めると左手を自分の剣から離し、グッと俺の懐に入り込んできた。

「ぐわっ。なんだ！」

「リッツ、悪いな」

剣を押さえられたままライリーが真正面に迫り、剣を持っていた両手の間に右手を入れられる。

凄まじい力で右手の内側をしっかりホールドされてしまい、抜け出そうと右手を動かすがビクともしない。

ライリーがニヤリと笑い、足を引っかけると浮遊感が身体を包む。あー、空が見えると思ったら、地面に強く背中を打ちつけた。

しばらく地面に横たわり、空を見ながら放心状態になる。あー、俺、投げ飛ばされたのか……。

「リツ、立てるか？　初回から乱暴にして悪かったな。リツが予想より剣を振るのが上手かったから……ついな」

差し出されたライリーの手を取り立ち上がる。背中が普通に痛《い》てぇ。背中に治療をかけると、痛みはなくなった。

「それで、俺はライリーの基準をクリアできたのか？」

「もちろんだ。体力的にも感性的にも上出来だ。教え甲斐《がい》がありそうだ」

俺が、中途半端なら稽古をつけるのを断られる可能性も考えてはいた。結果的に認められて良かった。ライリーは、八歳の時から剣術を学んでいるそうだ。二十年の剣術の経歴と経験には、やはり素人の俺では手も足も出ない。

「凄まじい力でビクともしなかった。凄いな」

「剣術は力じゃない。力の配分と技術だ。俺の師匠《ししょう》なんぞ、俺の半分の背丈《せたけ》で細身だが一度も勝てたことはない」

「そうなのか」

「ああ。じゃあ、稽古をつけるぞ。いけるか？」

「大丈夫だ。よろしく頼む」

早速、稽古を再開したが……ライリーは戦闘狂だけでなく、極度のスパルタ式の指導だった。体力だけはある俺だが、初日からハードモードな特訓を強いられた。

昼前には、ヘロヘロな状態で腹にライリーの拳が入り、食べた朝食を地面にぶち撒けてしまう。うぇ。苦しい。『朝食が無駄にならないと良いな』ってこういう意味かよ！

その後、嘔吐物《おうとぶつ》はキモイ掃除機で吸い上げられ掃除された。便利な生き物だが、マジでなんでも食うんだな。腹に治療をかける。あー、痛みが引いていく。

「休憩だ。昼食は、腹いっぱい食うなよ」

「ああ……」


初日の稽古は辺りが暗くなるまで続いた。夜、枕に顔を埋《うず》め、大きなため息を漏らす。

「ライリー、初日から飛ばしすぎだ」

昼食の休憩後は、身体作りとして走り込み、踏み込み、筋トレの後に敏捷性・瞬発力を鍛えるトレーニングに剣の握り方、延々と続く素振り。俺が頼んだことだが……稽古の間、ライリーがずっと楽しそうに笑っていたのが、逆に怖かった。

稽古は最後までやるが……以前の身体だったら午前中の時点で死んでいたな。

「今日は、もう身体が動かねぇ」

マチルダは、結局最後まで稽古を見ていった。最後、別れる間際の同情するような視線が痛かった。マチルダは、銀狼の剣の中では最年少のパーティーメンバーだそうだ。魔力も豊富で実力もあるがそれが故の苦労も多く、人を簡単に信用しないとライリーは言っていた。

俺は、別にマチルダと仲良くなりたいと考えていないので、彼女にどう思われようが構わない。ただ、最低限の礼儀は示してほしいとライリーには伝えた。

「お！　なんだ？　背中に乗ってくれんのか？」

キモイがそろりと腰辺りに乗る。重さがちょうど良く、心地いい。

「もう少し、下だ。あー！　そこ！　いい！」

乗っているだけでも気持ちいいが、このコネコネのような動きは最高だ。キモイ、有能だな。ひんやりしてる感じも最高だ。このまま寝そうだな。モゾモゾとキモイが降下していく。

「おい！　キモイ、下に行きすぎだ。そこは、尻だ。あー、手入れんなって！　もう、終了だ。閉店。さっさと下りろ」

その後、就寝前に調味料を大量に生成する。今日は一日中、魔力回復するたびにハバネロパウダーを生成した。この調味料は、魔物にも効く良い武器になりそうだ。

明日も早いし、寝るか。枕の隣で普通に丸まるキモイをジト目で見る。

「キモイ……お前、床で寝ろって言っても、どうせベッドに上がってくるのだろ？　手、上げてんじゃねぇよ」

キモイの蝕手がまるで返事をするかのように上がり、左右に揺れる。

「分かったから。せめて、足元の端で寝ろ」

ベッドに入り、天井を見つめる。不思議だが、疲れていると余計に眠れない。モゾモゾと暗闇の中、ベッドを這いずる音がする。

「駄目だ。端にいろ」

今日のハードなトレーニングのことを考えていたら、いつの間にか意識を手放していた。

◆　◆　◆

目覚めると、キモイが腹の上で丸まっていた。やっぱり移動してきたか。朝の定位置になってきてるな。

熟睡しているキモイを持ち上げ、ベッドから起き、軽くストレッチをする。少し筋肉痛はあるが、特に問題はないな。キモイがコロコロ転がりながら側にやって来る。

「起きたか？　なんだ？　腹が空いてんのか？」

フォレストクロウをキモイに与え、一階へ下りる。

「リツお兄ちゃん、おはよう……」

「ジョスリン、おはよう」

今日のジョスリンは、元気がないな。メアリーにも挨拶したが、無理に微笑んでいるように見えた。どことなく重い雰囲気のテーブルに着くと、カーターも遅れて席に座る。

「リツさん、おはよう。調子はどうだ？　昨日は、ライリーに相当絞られたと聞いた」

「指導は……厳しいが、勉強になっている」

「そうかそうか。実は、私も以前指導をしてもらったことがあってな」

「そうなのか？」

「まぁ、なんだ。うん、朝食は、少量で済ませたほうがいい」

これは、カーターも同じ経験をしたのだな。朝食は半分だけ食べる。

食後は、ライリーが到着するまでみんなで雑談をするが、やはりどこか全員の雰囲気が重い。俺、この重い空気苦手なんだよな。無言で茶を飲んでいるとカーターが話を切り出す。「何かあったのか？」の一言が聞けない自分のヘタレ度に朝からウンザリする。

「リツさん、急なのだが……実は明日の朝、バールの街へ出発することになった」

「そうなのか？」

「ああ。ゴブリンの件で冒険者を雇うためだが、バールにいる領主代理様への報告も兼ねている」

「どれくらいの間だ？」

「謁見の日程もあるが……十日以内には村に戻りたいと思っている」

これがメアリーとジョスリンが朝から暗い理由か。村長の役目とはいえど、カーターも大変だな。魔物や盗賊、それに事故……そりゃ、心配して暗くなるわけだ。

こういう時、スマートに三人を元気づける何かを言えないヘタレを許してほしい。

「な、何か、俺にできることはあるか？」

「リツさん、ありがとう。メアリーとジョスリンを、何かあった時に守ってくれないか？」

「俺ができる範囲になるが、もちろんだ」

今後の予定は立てていなかったが、一週間は稽古の予定だったので、十日以内に戻ってくるなら問題はない。

実際、領主がゴブリン討伐の援助をしてくれるのかは分からないそうだ。だが、開拓には領主の関心は高く、どうにかなるだろうとカーターは陽気に笑う。

「私のいない間、村のことは副村長のデレクに任せている。リツさんはまだ会ったことはないだろうが、二つ向こうの家に住んでいる男だ」

「分かった」

「何かあったら、デレクを頼ってくれ」

カーターは今日、出立の準備以外の時間は家族と過ごすという。邪魔者はいらないだろうから、今夜は宿に泊まることを申し出る。

「いや、いてもらって構わない」

「いや、俺がそうしたいんだ」

「そうか、気遣い恩に着る」

表の扉からノック音が聞こえたので開けると、ライリーとマチルダの他に、以前見た銀狼の剣の剣士の一人が立っていた。

「リツ、今日もやるぞ」

「お手柔らかに頼むよ」

「こいつは、仲間のリカルドだ。今日は、暇そうだから連れてきた」

「リツだ。よろしく頼む」

リカルドに無言で手を差し出され、握手をする。リカルドはどうやら無口のようだ。やや長い黒髪を一つに結び、一重《ひとえ》の薄茶色の瞳はこちらを吟味《ぎんみ》しているかのようで、こびり付くような視線を向けていた。銀狼の剣は変わった奴が多いな。


外に出て今日の稽古の準備を始めると、ライリーが尋ねる。

「カーターが、明日からバールの街に出発する話は聞いたか？」

「さっきな」

ライリーとマチルダ以外の銀狼の剣メンバーは、護衛でバールの街に一緒に向かうそうだ。依頼の最後の品の媚薬草を探しに行く必要がなくなったため、全員がここに残る必要はないという。マチルダは、今日も家の中から見学だ。昨日より顔色が悪い。

キモイを撫で、頭の上から草のある場所へ放つ。

「キモイ、植えてある野菜は食うなよ」

キモイは、生えていた雑草に向かうと、モグモグと草を食べ始めた。不安だったが、畑は避けているようだ。本当、便利で賢いな。

「リツ、準備はいいか？　今日は、リカルドに先にお前の相手をしてもらう」

「よろしく、頼む」

リカルドとの稽古開始から十数分後……一つだけ分かったことがある。こいつはズルくセコイ奴だ。足引っかけ、膝カックン、フェイントはもちろん、先ほどなんかは交わった剣を回転させ柄《つか》頭《がしら》で顔面を攻撃された。

ライリーを睨む。二日目でこれは酷くないか？

「おいおい。何、戦い中に俺を見てる。前を見ろ」

ライリーにそう言われ視線を戻すと、正面に迫ったリカルドから頭突きと腹に膝蹴り攻撃を同時に受ける。痛さのあまり膝から地面に落ち、頭と腹を押さえる。

「おい！　ズルくないか？」

「フッ。戦いにズルなどない」

リカルドが嘲笑《あざわら》うかのように答える。こいつ、ちゃんと喋れるじゃねぇか！　そっちがそのつもりなら、こっちにだって考えがある。

「『旋風』『ハバネロパウダー』」

ハバネロパウダー入りの旋風がリカルドに向かう。まさか、魔法を撃つとは思わなかったようで、リカルドが目を見開いたままハバネロパウダー入り旋風に巻き込まれていく。

嗚咽《おえつ》しながら苦しむリカルドに剣を向けたが、あっさりと払われる。見えてないはずなのになんで分かるんだ？

「それなら、これだ！」

今度は、剣を振るフリをしてリカルドの腹を蹴る。蹴り上げたリカルドが地面に転がったので、今度こそチェックメイトだと剣を突きつけたが、足技で絡まれバランスを崩し、ハバネロパウダーの付いたリカルドの上に倒れる。

「あああ」

舞い上がったハバネロパウダーが目に入り、痛くて開けられない。治療をかけようとしたが、リカルドに寝技で腕と首を押さえられる。クソッ。上半身が全く動かない。

「そこまでだ！」

ライリーの大声が上がると、リカルドの寝技から解放される。これは俺の負けだが、リカルド、ヤバいな。こいつなんなんだよ。治療で視界を確保して見えたリカルドの顔は、苦しそうだが嬉しそうでもあった。顔のハバネロパウダーを拭くこともなく、口の周りを舌舐めずりしている。思わず小声で呟いてしまう。

「変態が入ってんな」

「リツ、お前は、俺側の人間だ」

「俺は変態じゃねぇよ」

俺の小声が聞こえてんのかよ。リカルドがニヤリと笑うが、断じてこいつと同じではない。

「二人とも大丈夫か？　リツは、風魔法のスキルか？　あんな風魔法は初めて見たぞ」

「普通はどんなだ？」

ライリーが言うには、普通の風魔法は俺の記憶していたゲームでも目にした風刃《ウインドカッター》や風壁《ウインドウォール》みたいな魔法っぽいものらしい。やはりそうか……。

なんで、俺だけリアルな『風』なんだよ！

「リツ、この粉はなんだ？　売ってくれ」

リカルドが手に付いたハバネロパウダーを舐めながら言う。黙ってろリカルド！　ライリーに抗議の視線を送ると、苦笑いしていた。

「リカルドは変わっているが、悪い奴ではない」

「ならなんで、目を逸らしながら言ってやがんだよ！」

リカルドを稽古に参加させた理由は、正統的な戦い以外を経験させることで、戦い方に型はないと教えたかったそうだ。

「本来なら二日目にやる稽古じゃないが、一番適任なリカルドが明日出発するからな」

「勉強にはなったが……ライリーのパーティーはなんか変わった奴が多いな」

「分かってくれるか？　他もクセが強すぎるんだよ。他の奴らを知ったら、ツンケンしかしてないマチルダが可愛く思えるぞ」

「そ、そうなのか？」

窓際に座るマチルダに視線を移すと、驚いたかのように目を逸らされる。視界の端でリカルドがニヤついているのが見える。リカルド、ヤベェ奴だな。明日から会わなくて済むので、今日くらい我慢できるが――気づかない間にリカルドに後ろを取られ、耳元で囁かれる。

「なんだ、俺が明日出発するのが寂しいのか」

「いや、全然」

「即答か。なんだ、つまらん」

リカルドに、フッと耳に息を吹きかけられる。こいつ、何がしたいんだよ！

「リカルド、リツをからかうのはやめろ。リツ、稽古を続けるぞ。稽古内容は昨日と同じだが、今日はこの重《おも》しを着けろ。リツは、体力だけは馬鹿みたいにあるからな」

渡されたのは重装備だった。着用すると結構な重さだ。動くたびにガシャンガシャンとうるさい。

ライリーの声かけと同時に、昨日と同じ走り込みから始める。隣にはリカルドがいる。

「リカルド、なんでお前が一緒に走るんだよ」

勝手に走りながらついて来るリカルドに尋ねるが、無言でスルーされる。聞こえなかったのかと隣を見ると、下衆《げす》な笑みを浮かべている。リカルドのことは無視だ、無視。


小休憩を挟みながら夕方まで稽古は続いた。最後は身体が動かないほど疲れ果て、地面に横たわった。ライリーが、重装備を脱ぐのを手伝いながら尋ねてくる。

「リツ、疲れただろ？」

「クタクタだ。重装備、初めは少し重い程度だったが……最後は何倍もの重さを感じた」

明日もそれで稽古すると告げられ、ほんの少しだけライリーに殺意を覚えた。

「リツ、今日は宿に泊まるのだろ？　宿には伝えたのか？」

「あー、そうだった。いや、まだだ。忘れていた」

「あれだったら、リカルドの部屋のベッドが空いてんぞ」

「やめろ」

「リツ、そんなに睨むな。冗談だ」

短時間の付き合いだが、リカルドと同室で寝るくらいなら外で野宿のほうが数倍マシだ。

「宿の部屋は余っている。一人部屋も問題ないだろ」

リスタの村、唯一の宿は、集会が行われた場所の近くにあるから向かおうとライリーが笑いながら言う。宿の宿泊客は、現在、銀狼の剣のみだという話なので問題はなさそうだな。


宿に向かう前に、カーターたちに軽く挨拶、明日の出発時間を尋ねる。

「明日は、早朝に出発予定だ」

「分かった。もちろん、見送りには来る」

「宿の女将《おかみ》には、リツが向かう話は伝えてある」

「助かる」

雑草を食べていたキモイを拾いに行くが、姿が見えない。あいつ、ずっと草を食ってたのか？

雑草が一本も残っていない裏庭をしばらく眺め、キモイの姿を捜すがいない。

「おい！　キモイ！　どこだ？」

少し焦りながら名前を呼ぶと、地面の小さな穴からポコッとキモイが顔を出す。目を輝かせて穴から出てきたキモイがズルズルと引きずってきた物を鑑定する。

【土モグラ（-）】　死骸

結構なサイズのモグラだな。死骸の場合は年齢の表示が消えるのか。キモイが土モグラを俺に差し出してくるが、これはコイツが倒したのか？

「いらんぞ。お前が食え」

土モグラの吸収が終わったキモイを頭に乗せ、ライリーたちと宿に向かう。


ライリーに案内された宿は、二階建てだが素朴な建物だ。中に入ると、店内で酒を飲みながら雑談をする村人から一斉に注目を浴びた。どうやらここは酒場も兼業しているようだ。

「カウンターで接客してるのが、ここの女将のルルだ」

村人の幾人かは覚えのある顔だ。顔見知りには軽く会釈しながら、ライリーたちとバーカウンターへ向かう。

歩くたびに、足元からバリバリと何かを踏む音がする。何かの殻か？　酒場の客たちは酒のあてに豆のような物をつまみ、その殻を床に捨てているようだ。テーブルの豆を鑑定する。

【殻付きアーモンド】　普通

殻付きなのは初めて見たな。日本で食べていたのより細長い。

ライリーから、女将のルルへ紹介される。

「あなたがリツね。カーターから聞いているわよ。代金ももらってるから。はい、部屋の鍵だよ」

「え？」

「はいはい。早く鍵を受け取って」

ルルから、押しつけられるように部屋の鍵を渡される。代金はすでにカーターが先払いしたそうだ。逆に迷惑かけたんじゃないかと気落ちしていると、ライリーに活《かつ》を入れられるように背中を叩かれる。

「リツ、何しょげてんだ。カーターなりの感謝だろ？」

「もらいすぎな気がするが……」

「何を言っている。カーターがいない間、メアリーとジョスリンを頼まれてるのだろ？」

「ああ、まぁ、そうなんだが」

リカルドが勝手に注文した大きなジョッキが目の前に三つ置かれる。ライリーと話している間に、マチルダは先に休むと部屋へ向かったそうだ。

リカルドが嬉しそうに言う。

「三人で飲むぞ」

案の定というか……飲み始めてすぐにこの二人が体育会系の飲み方が好きだと悟った。俺、まだ二杯目だが……こいつらもう十杯くらい飲んだんじゃねぇか？　手元にある木製の蓋が付いた大型ジョッキを眺める。酒は温《ぬる》いが味はクラフトビールに似て美味い。ただ、一杯の量が多い。これで、鉄貨二枚だ。二百円か。酒、安いな。

以前の俺だったら、こんなの一杯でも飲めば顔が赤くなっていた。種族のおかげか、アルコールは感じるが酔いはしていない。キモイがツンツンと酒を突く。

「お前、酒もいけるのか？」

キモイのために少しだけ酒を皿に移すと、チュルッと全部吸ってすぐに膝の上で寝た。酔ったのか？　鑑定しても良好だったので大丈夫だろうが、ヨシヨシとキモイを撫でる。

お通しなのかルルが無言で置いていったアーモンドをカリカリと食べる。薄味だが癖になる味だ。殻は床に投げ捨てる方式だ。

リカルドが俺の肩に手を回し、自分のほうに俺を引き寄せるのに抵抗する。

「馬鹿力かよ。絡むな！」

「おーい、リツ〜。例の粉はどこだ？　早く出せ」

言い方……。

こいつ、完全に酔ってやがるな。最初の二杯を二人が一気飲みしたことである程度予想はできていたが……据《す》わった目で俺の肩を抱いたままリカルドが離してくれない。

「リカルド。顔が、近い。酒クセェ」

望み通り、ハバネロパウダーをリカルドにくれてやる。

「おお！　これだこれ、俺の粉」

「喜んでもらえてよかったが、いい加減、肩から手を離せ」

やっとリカルドに解放される。ハバネロパウダーをどうするのかと見ていたら、粉を全てビールジョッキに投入して一気飲みしやがった。馬鹿だろ、こいつ。明日、尻が痛くなっても知らねぇからな。

ライリーはというと……お？　意外と普通だな。酒に強いのか。真っ直ぐこっちを見たライリーが尋ねる。

「リツ、お前、双子だったのか？」

「……お前ら、飲みすぎだ」

短時間でガブガブ飲みやがって。マチルダの奴、このことを絶対知っていたな。さっさと逃げやがって。

「えー、ボス。もう酔ってんの！」

後ろから聞こえた声に振り向くと、ライリーを指差しながらケラケラと笑う女性がいた。銀狼の剣の魔法使いか。隣には、重戦士とヒーラーの男もいる。

呂律《ろれつ》の回らないライリーが酒を飲みながら言う。

「なんだぁ？　お前たちか。どこ行ってやがった？　いい所か？」

「明日の出発の準備じゃ、馬鹿タレ」

ヒーラーの男が呆れながら答える。フードで口元しか見えないが、年配のようだ。

「オル爺、しばらく会えないんだ。今日は、酒を飲むだろ？」

「ライリー、一杯だけじゃぞ」

マチルダ以外の銀狼の剣のメンバーが全員着席する。

「ルルさーん、お酒をよろしくー。ボス払いで！」

魔法使いの女性が大声でルルに向かって注文すると「ちょっと待ってな！」とカウンター奥から聞こえる。

酒が運ばれると全員で乾杯をした。乾杯後、ヒーラーの爺さん以外の全員がビールを一気飲みする。これは、この世界の常識なのか？　疑問が口から出ていたようで、ヒーラーの爺さんに否定される。

「こいつらのような阿呆タレ冒険者だけじゃ」

「あ、そうなんですね。俺は、リツって言います」

「聞いておる。其方《そなた》のおかげで、森を這いずって気持ち悪い生物を探し回らなくて済んだ。感謝する。ワシはオルだ。オル爺と呼ばれておる」

疑ってはないが、オル爺を鑑定する。

**【オルランド（71）】　普通**

鑑定をした後にオル爺がフードの中から凝視したので、鑑定がバレたのかと思ったがそんなことはなかった。今まで鑑定した人たちも鑑定スキルには気づいてはいないようだった。

「あたしは、ミーナ。で、こっちがオード」

「リツだ。よろしく頼む」

魔法使いのミーナは、小柄な猫目で薄茶色のくせ毛が特徴の女性で、鑑定では二十三歳と表示された。オードは、重戦士らしく大きな体格の男だ。年齢は、二十歳と出ている。腕とか脚、すげぇ筋肉だ。どうやって鍛えたら、そうなるんだ？　筋肉を眺めていると、オードの口元が小さく動く。

何か喋ってんのか？　何を言っているのかは聞こえない。

「オード、もう一度、言ってくれるか？」

「……」

「もう一度」

「……」

口は動いているが、何を言っているのか全く聞こえない。

「オードが『膝の上のスライムは、リツに懐いているのか？』だって」

待て。ミーナは、オードの声が聞こえているのか？　オル爺に視線を移すと首を横に振る。だよな？　聞こえねぇよな？

少年のような純粋な瞳で見つめるオードにキモイについて説明すると、再び口が動く。

「……」

「オードが、『スライムは、寝ているのか？』だって」

「ああ、たぶんな……」

オード、ミーナの通訳がないと意思疎通ができないのか？　他のメンバーとはどうやってコミュニケーションを取っているんだ？

「はいはい。お待たせ。食べ物だよ」

ルルが、注文していた食べ物を並べる。大きなプレートには、肉、肉、肉、それから気持ち程度にガンドが添えられていた。手掴みで肉を取り、食う。素材そのままの味だが、美味いな。

「これに粉をかけたら、美味いんじゃないか？」

リカルドが、数口食った手に持った肉を俺に向けながら言う。

「食いかけの肉を人に向けんなって」

ハバネロパウダーをリカルドに渡すと大皿の全部の肉の上にぶち撒けそうなので、一つまみだけ差し出した肉にかけてあげる。

「もう少し、かけてくれ」

「十分かけただろ！」

「その赤い粉は何？」

ミーナが、興味深そうに赤くなった肉を凝視する。リカルドがあまりにも嬉しそうに肉を頬張りながら莞爾《かんじ》として笑うものだから、ミーナにもハバネロパウダーを要求される。

「あたしの肉にも、赤い粉をかけて！」

「辛いぞ、いいのか？」

「いいの！」

ハバネロパウダーを本当に少量だけ肉に振りかけると、ミーナは大きな口でガブリと肉を噛みちぎって咀嚼《そしゃく》した。平気に見えるが――いや、これはダメだ。

「か、か、辛い！　舌痛い！　オル爺！　痛い痛い！」

激痛を訴えたミーナにため息混じりにオル爺が短い呪文を唱えると、ミーナの口元が淡く光った。これが、オル爺のスキルか。治療とは少し雰囲気が違う。気になるが……こちらの人はスキルの話は易々としないと聞いた。

すぐに痛みの引いたミーナが叫ぶ。

「ちょっと！　あの赤い粉！　恐ろしい粉！　なんでリカルドは、そんなにうっとりしながら赤い粉を食べてるのよ！」

変態だからだろ？　ミーナの話をリカルドが完全無視しているのも通常運行のようだ。ミーナがハバネロパウダーを睨んで捨てようとして、リカルドと揉め始めたので止める。

「待て待て。美味い食べ方は本当にあるから」

ミーナが胡乱《うろん》げに見るので、皿にマヨネーズと少量のハバネロパウダーを入れ混ぜる。本当だったらレモンとかケチャップとか欲しいんだが……味見をすると辛さは半減している。ミーナが皿を嗅ぎながら尋ねる。

「何、これ？」

「なんちゃってスパイシーマヨだ」

「なんちゃって？」

「いいから食ってみろ。ほら」

焼きガンドにスパイシーマヨを付けミーナに渡す。ミーナは躊躇しながらパクッと口に入れ、しばらく咀嚼する。

「辛いけどそこまで辛くない。美味しい、もう一つ頂戴《ちょうだい》！」

ミーナが次々とガンドを食べると、リカルドが食いかけの肉をスパイシーマヨに浸《つ》けた。

「リカルド、やめろ！　汚ねぇな」

「悪くないが、俺は粉が好きだ」

「そんなこと、知らねぇよ。このスパイシーマヨはお前にやる」

リカルドに皿を渡し、もう一つスパイシーマヨを作り他のメンバーにも振る舞うと、全員美味そうに食べた。俺もスパイシーマヨを肉に付け食う。

「美味い」

マヨネーズがトラウマにならなくてよかった。

手元にあった肉を食い終わったオードが、まだ皿に残る肉を凝視している。こちら側の肉が欲しいのか？　取ってあげたいが、どの肉が欲しいか分からない。

「……」

「オード、これか？　ほら、食え」

ライリーが大皿の肉を渡すと、オードの顔がパッと明るくなった。

「……」

「なんだ？　酒がなくなったのか。今注文してやるよ」

だから！　どうやって、ちゃんと伝わってんだよ！


その後、結構長く飲み会は続いた。解散後、宿屋の部屋に向かっているとミーナに声をかけられる。どうやら部屋が俺と同じ階のようだ。

「リツ、楽しかったよ！　明日、見送りも来るでしょ？」

「ああ、行く。また、明日な。おやすみ」

ミーナが手を振りながら、宿の自分の部屋に入っていく。俺の部屋の鍵には六と彫られている。ミーナの部屋の二つ隣だ。

部屋に入ると独特な香りがするが、中は広い。付属の家具はシンプルだが頑丈そうだ。これで宿代は銅貨一枚の千円程度だというのでお得だ。

自分にクリーンをかけた後に盛大なため息をつき、ベッドに倒れ込む。酔ってはいないが、久しぶりの飲み会の雰囲気に疲れた。楽しかったのは楽しかったが、途中から収拾がつかなくなっていたな。主にライリーとリカルドの泥酔のせいだが……。

学生時代も社会人になっても、飲み会は極力避けていた。まぁ、だから友達もいなかったのだろうが……。

飲み会は最終的に、泥酔して寝落ちしたライリーとリカルドをオードが両肩に抱え部屋へ連れて行ったことで終了した。最後にオードが何か呟きながらはにかんだ笑顔を向けてきたが……最後まで何を言っているのか分からなかった。良い奴なんだとは思う、たぶん。オル爺は、宣言通りに一杯だけ酒を飲んだ後に部屋へ下がっていった。

床でグテッとしているキモイを拾い上げる。

「キモイ、お前も疲れただろ？　なんか食うか？」

キモイには、テーブルで余った肉を少し与えたが足りないはずだ。キモイが触手を上げながらおねだりをしてくる。

「んじゃ、お前に好きなのを選ばせてやるよ」

アイテムボックスから、一角兎、フォレストクロウとダブルホーンジャッカルを取り出し、キモイの前に並べる。好きなのを選べと並べたつもりだったが、キモイは三つとも一カ所に集めた後にゆっくりと上から吸収していった。

「お前、欲張りだな」

キモイはまだ吸収している途中だが、ベッドに入り横になりすぐに意識を手放した。

◆　◆　◆

「リツー、朝だよー」

騒々《そうぞう》しいドアのノック音とミーナの声で目が覚める。腹の上で丸まって寝ていたキモイも大きな音で起きたようだ。ドアを開けると、背伸びをしたミーナの顔が急に現れた。朝から心臓に悪い。

「開けるから、ドアから離れてくれ」

「リツ、おはよ！　下で朝食の準備できてるから、行こ！」

ミーナは朝から驚くほど元気だった。キモイを連れ食堂へ向かうと、幽霊のようなライリーとリカルドがいた。鑑定しなくとも分かる、二日酔いだな。あれだけ飲めば当然だろう。

バリッと床に落ちていたアーモンドの殻を踏む。昨日は暗かったから見えなかったが、食堂の床が汚すぎる。アーモンドの殻やパン屑《くず》に肉の破片が大量に床に落ちている。汚ねぇ……こんな場所で飯なんか食えねぇ。掃除していないのか？　掃除……。

「キモイ、全部吸えるか？」

キモイがビシッと両触手を勢いよく挙げ返事をする。よしよし。キモイを床に置き頼んだぞと撫でると、某ロボット掃除機かのような動きで床のゴミを吸い取っていく。床が綺麗になっていくさまを二倍速再生で見ているかのようだ。歩くのは遅いクセになんだよこの速さ、食い意地張りすぎだろ。

ミーナもルルも、キモイの動きをしばらく何も言わずに凝視した。キモイが床から壁掃除機になるとルルが尋ねる。

「昨日も膝の上にいたけど、あれはスライムかい？」

「スライム……ですかね？」

「何、こっちに聞いてるのよ。おかしな人だね。でも、そうね。あんたの朝食代はいらないよ。掃除の代金だと思ってちょうだい」

儲かったのか？　キモイの掃除が終了すると、ミーナが凄い凄いと声を上げ、数人から拍手をもらう。満足そうに腹を蝕手で撫でているキモイを拾い、朝食の席に着き、死んでいるライリーに声をかける。

「ライリー、大丈夫か？」

「ああ。リツか？　昨日は楽しかったな」

「ミーナはいるが、他のメンバーは？」

「オル爺は朝の瞑想《めいそう》、オードは鍛錬だ。マチルダは、ただ単に起きるのが遅い」

朝食は、焼いたガンドの上に乗った卵とソーセージだった。美味いが、朝から結構な量だ。

ミーナは、ガツガツと朝食を食べる。昨日も思ったが、小さい身体なのによく食うな。反対にライリーとリカルドは、ボーッとしながら朝食を口に持っていっている。

「二日酔いは、オル爺に治してもらえないのか？」

「治せるよー。でも、ボスたち、オル爺に治すの拒否られてんの！」

ミーナが笑いながら答えるが、その横ではリカルドがこっそりミーナの皿にハバネロパウダーを混入させようと手を伸ばすのが見える。最低野郎だな。注意しようとしたらテーブルにやって来たオル爺がリカルドの頭を後ろから叩く。

「リカルド、やめんか。ワシは、旅の初日からお前たちの喧嘩なぞ聞きたくない」

「何？　あ！　これ、昨日の辛いのだ！」

ハバネロパウダーを朝食に仕込もうとしたのが見つかったリカルドがミーナと揉めるのを無視して、オル爺が俺の目の前に座る。

「うるさい奴らですまんの」

「はは……大丈夫だ」

朝食も終わり、銀狼の剣のメンバー全員と準備していた馬車でカーターの家へ向かう。マチルダは朝に弱いのか静かだ。馬車を引く馬は、顔は馬だが下半身は犬か狼に見えるんだが……鑑定をする。

【コヨーテホース（3）】　普通

こちらの世界、特有の生物だな。脚の筋肉が太く力強そうではある。カーターの家に到着すると、ちょうど三人が家から出てきた。ジョスリンは今日もしょんぼりしてるな。軽く挨拶を交わし、オードとリカルドがカーターの荷物を馬車に積み始める。

「カーター、これが限界だ」

「それで、荷物は全部だ」

青年団の数人も一緒に街まで向かうようで、全員の荷物を載せた馬車はパンパンに詰まった。これ、座るスペースあるのか？

カーターが、順番にメアリーとジョスリンを抱擁する。しばしの別れを嫌がるかのように、ジョスリンの目から大粒の涙が溢れた。十日はそんなに長くはない。だが、こちらの事情は俺がいた世界とは違う。これが永遠の別れになる場合があると子供さえ理解をしている世界だ。

青年団も家族との別れを終わらせ、全員が馬車へ乗り込んだ。荷物の積みすぎで窮屈そうだな。

リカルドが何かを思い出したかのように馬車から降り、こちらへ向かってくる。

「忘れ物か？」

「リッツ、粉を俺に売ってくれ」

こいつ、ブレないな。餞別《せんべつ》だと、ハバネロパウダーを多めにリカルドに渡す。

「出発するぞ！」

馬車がゆっくりと進み始め、徐々に遠くなっていく。ジョスリンは、馬車が見えなくなるまで父親を呼び手を振っていた。護衛もいる。大丈夫だろうが……カーターたちの無事を静かに祈った。

馬車が見えなくなり、しょんぼりと肩を落とすジョスリンに声をかける。

「ジョスリン、大丈夫か？」

「リッツお兄ちゃん、私の声、父さんに届いたかな？」

「今までで一番でかい声だったから、届いているだろ」

実際、耳が痛くなるような大声だった。高性能になった目で遠くのカーターが手を振っているのが見えたので、ジョスリンの声は届いているはずだ。

「リッツさん、今日は昼と夕食はどうします？」

メアリーが、寂しさを紛らわせるかのように尋ねてくる。答えようと口を開いたが、ライリーが話を遮《さえぎ》る。

「メアリーさん、リツはこれから俺たちと森へ行く。昼はいらんぞ」

「そうなのか？」

初耳だったが、俺、ライリーとマチルダの三人で森に行くと言う。静かなマチルダはまだ体調が悪いのかと一応鑑定した。体調は良くなったみたいだな。ただ……昨晩からほぼ一言も発していないのが気になる。正直、この三人で森の中を行動するのは不安だ。特に俺とマチルダの相性は悪い。

「稽古できるのはあと数日しかない。魔物ともたくさん対戦したほうがいいだろ？　そんな不安な顔すんなって、向かう場所は村の側だ」

「ライリー、二日酔いは大丈夫なのか？」

「出発寸前、オル爺に治してもらったから大丈夫だ」

ライリーのコンディションは鑑定でも良好と出ている。近くなら大丈夫か。マチルダと目が合う。いつもと同様に目を逸らされるかと思ったが、俺をジッと見ながら口を開く。

「村の近くだから。そんなに……危なくないと思う」

「そ、そうなのか。分かった。二人とも強いから大丈夫だろうしな」

「リツも……十分強いと思う」

「あ、ありがとな」

なんだ、マチルダのこの変わりようは。これが世に言うツンデレなのか？　あと数日一緒に過ごすのだし、ツンツンしてないほうがもちろん良いのだが……。

「なんだか、調子狂うな……」

「ん？　リツ、なんか言ったか？」

「いや、なんでもない」

「おう。そういえば、リツの防具や剣はまだ鍛冶屋だよな。今日は、使わねぇ予備の剣と防具を貸してやるから、それを使え」

ライリーに渡された剣と防具は、少し年季は入っているが丁寧に手入れしてある物だった。ライリーが剣と防具を取り出した袋を鑑定する。


**【アイテムバッグ（小）】**


やはりそうか。あれが魔道具のアイテムバッグか。（小）とは容量だろう。どれほど物が入るのだろうか？　魔道具のことを尋ねるのもタブーなのか？　機会があれば、後で聞くか。

「俺の昔の防具だが、リツにちょうどいいな」

ライリーが、防具の背中部分を締めるのを手伝いながら言う。

三人とも森に向かう準備が終了したので出発する。ここ数日でレベルアップしたのは、スキルだけだ。ＨＰやＭＰも上げないとな。

徒歩で森の中を進む。前方にはマチルダ、後方に俺とライリーが並ぶ。この機会に、ライリーから情報を聞き出す。

「スキルについて聞くのはご法度だが、ステータスについて聞くのはどうなんだ？」

「ステータス？　なんの話だ？」

ステータスのような機能があれば冒険者のライリーが知らないはずがない。これも、俺の種族特有のスキルの一部なのか、転生者特有の特典か……だから鑑定をしても誰も気づかないのか？

「いや、こっちの話だ」

「リツのスキルか」

「ま、まあ、そうだな」

ライリーもカーター同様、スキルに関しては他人に極力伝えないと教えてくれる。それが常識のようだ。生活魔法は、ほとんどの人が持っているそうだ。選んでおいて良かった。

スキルには、コモン、レアとユニークがあるという。俺が知っているスキル情報と同じだ。こちらでは俺のようにステータスで表示されることはなく、伝承や威力でスキルの格付けをしているそうだ。スキルの種類について尋ねると、ライリーが眉を上げる。

「スキルの種類についての説明？　リツ、お前、相当なおぼっちゃまか？」

「そんなんじゃない。俺の住んでいた場所ではスキルを表立って使っていなかっただけだ」

ライリーが若干訝しげな顔をしたが、スキルについて説明をしてくれた。コモンスキルは誰でも数個持ち、レアは百人中数人が持つ程度のものだという。

「冒険者にはレアスキルを持っている者が多い」

そうなのか。じゃあ、銀狼の剣の中にもレアスキル所持者がいるのか。

「そんな話までしていいのか？」

「別に、それは秘密じゃない。リツ以外なら子供でも知っている事実だ」

「ぐっ」

「重要なのは、スキルの能力だ」

下手に自分の能力を宣伝して余計な面倒事に巻き込まれたくなければ、自分のスキルを吹聴するなとライリーに釘を刺される。まぁ、そうだよな。俺もそう思う。

「パーティーメンバーなんかは、毎日一緒にいるから互いの能力は知っているがな」

「そうだよな」

「魔物だよ。大きいけど、少し行った場所。どうする？」

マチルダが西の方角を睨みながら告げる。索敵の地図の端に辛《かろ》うじて赤い点が見え隠れする。百メートル先か。マチルダにも索敵かそれに似たスキルがあるのだろう。

「オークか？」

「ううん。たぶん、ボアかな。でも、大きいよ」

「ボアか……肉屋にも売れそうだな。リツ、どうだ？」

「ああ。ボアは、狩ったことがない。見かけたことはあるが」

記憶では結構凶暴だが、ライリーたちは何度も狩ったことがあるというので了承する。

ボアと思われる魔物の近くまで進む。索敵の点の表示が大きめだ。結構な大物かもしれない。草むらに隠れ、赤点の方角を覗く。いる。

猪じゃねぇな。あれは熊だろ……鑑定をする。

【フォレストジャイアントボア（4）】　良好

ジャイアント……できるだけ小声でライリーに尋ねる。

「普通、あんなにデカいのか？」

「いや、あれはジャイアントボアだろ。大物だ。リツ、良かったな」

ん？　良かったな？

「待て。良かったたって、どういう意味だ？」

「あれは、リツの獲物だ。元々、リツの訓練のために森に来てるのだ」

「そうだが。普通、小さい獲物から始めないか？」

「それはすでに倒せるだろ。スライムに餌として与えていたフォレストクロウを見たぞ」

確かにそうだが……。ジャイアントボアに視線を戻す。ゴルフカート並みの大きさのジャイアントボアは、無心に両足で土を掘り返し何かを食べている。こっちにはまだ気づいてなさそうだが獰猛そうだ。

「おい、やっぱり、あれは最初の獲物として大きすぎないか？　大体どうやって――」

「大丈夫だ。俺たちもいる。先に奴を弱らせるから、トドメは任せたぞ」

「おいっ！」

ライリーが忍び足で猪の右手に移動を始める。作戦を伝えていけよ！　追いかけようとしたが……ライリー、忍び足が速すぎだろ。もう、あんなに猪の側まで移動したのかよ。これ以上声を出すと、猪に気づかれてしまう。静かにライリーの動向を見守る。キモイも隣で何故かキリッとした面構えだ。なんでお前がそんな顔してるんだよ！

ライリーが、ハンドシグナルでマチルダに指示を出す。抜く手素早く、マチルダが矢を二本連続して射《い》かけ、猪の眉間《みけん》と目に命中する。猪の悲痛な叫びが森に響いた。

ライリーが苦しむ猪の後ろ脚に斬りつけると、猪が逃走しようと駆け出した。マチルダは表情を変えず、ライリーの次の指示を汲《く》み取り猪に矢を放つ。凄いな、マチルダ。

左右ともに逃げ道を失った猪は、脚を引きずりながら唯一の逃げ道の正面に突進してくる。って、俺がいる場所じゃねぇか！　あんなのにぶつかられたら怪我だけじゃ済まない。

「待て待て！」

ライリーとマチルダが頑張れと手を振りガッツポーズを決める。シンクロして同じポーズを取ってんじゃねぇよ！

猪は、俺の存在に気づいてもなお、足を止めずそのまま突進する。荒い息遣いと、血走った殺意を感じる片目。俺は唾を呑み、急いで剣を鞘から抜き、鑑定をしながら構える。

**【フォレストジャイアントボア（4）】　重傷**

猪が頭を下げ、牙を突き上げる。ガキンと剣と牙がぶつかる衝撃が手に響く。押さえられないことはない。だが、近距離戦は不利だ。

「『突風』」

猪に風魔法が直撃、後ろに押されながらも奴は前へ踏み込もうとする。

「『突風』『ハバネロパウダー』」

ハバネロパウダーで視界を失った猪が突風の威力に耐えられずに背中からひっくり返る。急いで猪の上に乗り顎下に剣を刺す。硬い。刺さった剣の柄頭を足で何度も杭《くい》を打つように踏みつけ、猪の首元にグリップまで剣が埋まったところで、頭の中に機械音が流れた。

**〈レベルが1上がりました〉**

死んだか……ライリーが拍手しながらやって来る。

「おいおい、すげぇな、リツ。あの猪を真正面から押さえる奴なんかいねぇぞ」

「そう仕向けたのはお前だろ！」

「いや、あんな真正面で構えると思わなかったぞ」

「今度は、作戦の説明くらい頼む」

猪に刺さった剣を――抜けない。しまった。剣が中で曲がっている。力任せに抜くと、猪の血が盛大に噴き出し顔を中心に全身に血しぶきを浴びた。その姿にライリーが腹を抱えながら笑う。

「リツ、お前意外と間抜けなんだな」

「ほっとけよ！」

目に入った血で視界が悪い。寄生虫とかいないよな？　全身をクリーンする。

「ライリー、悪い。剣が曲がった」

「気にすんな。貸してみろ」

ライリーが、剣の刃部分に体重をかけ数回踏みつける。「これで、大丈夫だろ」と渡された剣は、確かに使えないことはないが……。

「扱いが雑だな」

「人のこと言えないだろ。見てたぞ。あんな剣の使い方、俺は教えてないのだが」

ライリーから冗談混じりで言い返される。そうだな、人のことは言えないな。俺たちのやりとりを見ていたマチルダが呆れ顔で尋ねる。

「それよりも、猪を早く解体しないと。血はだいぶ抜けたけど……魔物が集まってきてる」

素敵にも、赤と緑の点がこちらに徐々に集まっているのが見える。

「俺のアイテムバッグで持てる容量は猪の四分の一だが、リツの袋はどれくらい入る？」

俺のアイテムボックスの限界は未だ知らない。すでに結構な量が入ってる。これ、丸々一匹入んのか？

「別に、詮索してるわけじゃないから」

マチルダが、不機嫌そうに腕を組みながら言う。

「いや、そんなことは思っていない。容量を考えていただけだ」

索敵の魔物たちを確認する。ああ、もうここに到着する寸前だな。小さいが動きが速い緑の点がたくさん辺りにいるがこれはなんだ？　近くの茂みにいた緑の点の鑑定をする。

**【フォレストマウス（0・2）】　良好**

バージョン0・2みたいな表示だな。二カ月の鼠《ねずみ》ってことか。マチルダが特に警戒する素振りも見せずに言う。

「ただのネズミ。小物だから、お残し狙っているだけ」

「そうか。猪だが、もしかして全部入るかもしれない」

「「は？　絶対、坊っちゃんだ」」

二人が目を合わせ、俺に再び視線を移す。

「声をハモらせて言うなって。それに、坊っちゃんじゃねぇよ」

訝しげにこちらを見る二人をよそに、アイテムボックスを開き、猪——重くて、引っ張れねぇ……。猪を入れたいと念じたら、アイテムボックスの宇宙空間が猪を吸い込み、あっという間に猪は消えた。

その光景に二人が呆気に取られながら、猪の消えた場所を見つめている。

「なんだ、今のは……本当に全部入りやがった」

「急に消えていった……見たことない。本当に魔道具？」

どうやら二人にはアイテムボックスの宇宙空間は見えていないようだ。猪が消えたことにとても驚いていたが、気を取り直したライリーが真顔で言う。

「移動するぞ。このままここにいても、血の臭《にお》いで集まってくる魔物が面倒だ」

ライリーが辺りを警戒しながら進む方向を吟味する。地面の血にクリーンをかけたが、何も起こらなかった。自分にかかった血は、汚れと認識されたのか綺麗になった。地面の血は、汚れとは認識されなかった？　こういうところが曖昧《あいまい》なんだよなぁ。

「リツ、置いていくぞ」

「今、行く」

二人の後に続くが、キモイが頭の上から猪の血溜まりのある地面へダイブする。

「おい、キモイ。何してんだ？」

キモイがジュルジュルと地面に溜まった猪の血を吸う。最後の一滴まで吸い上げると、充満していた獣の血なまぐささが随分と消えた。

「お前、本当、すげぇな」

索敵にはまだこちらに向かっている赤や緑の魔物の表示はあるが、臭《にお》いが薄くなった影響で停止する点や方向転換をする点もあった。

猪の血の痕の消失を確認したライリーが、感心してキモイを褒める。

「血痕が一滴も残ってねぇな。そのスライム、凄い拾い物だな」

「俺より有能かもな」

「ぷっはは」

マチルダが急に大声で笑う。彼女の笑っている顔を初めて見た。凝視してしまったからか、スンと元の真顔に戻り言う。

「もう少し奥に別の狩れそうな魔物がいる」

マチルダの指差す方向を索敵する。この二匹か。猪と同じサイズの点だ。

「また、大きい奴らか？」

「どうかな？　そこまで詳しく分からない。けど、アンタ……リツも『見える』のでしょう？　こっちは、魔物がいると言っただけ。『奴ら』とは言っていない」

「……はは。参ったな」

警戒心と懐疑《さいぎ》心の強いマチルダの前では発言に気をつけないとな。マチルダは、森に入ってからはここ数日の印象とは全くの別人だ。どっちも彼女なのだろうが、第一印象で損するタイプだな。俺も、実際ただのツンケンしているクソガキだと誤解していた。

口元を緩めマチルダを眺める。目が合うと逸らされたが、よく見ると耳が赤くなっていた。なんだ、普通に可愛らしいところもあるじゃないか。

二つの赤い点は、徐々に距離を縮めてくる。ライリーが振り向き尋ねる。

「リツ、どうする？」

「猪と同等の強さの二匹だが、いけるのか？」

「二人しかいないが、俺たちはこれでもCランクの冒険者パーティーだぞ」

ランクとかは知らないが、大丈夫ってことだな。魔物と対面する前にステータスのポイントを配分する。

「ステータスオープン」

【ヤシロ　リツ】　21歳　上位人族
LV：　15
HP：　60（＋50）
MP：　55
ATK：　25（＋50）
DEF：　20（＋50）
LUK：　16

HP、MPにポイントをつぎ込む。レベルのメーターは、先ほどの猪でギリギリ上がったようだ。レベルアップ前に調味料を生成しておくべきだったな。その辺の調節も手探りなんだよな。相変わらず不親切なシステムだ。

ライリーが顔を顰《しか》め尋ねる。

「リツ、空中で手を上げて、何をしてる?」

「なんでもない。今、行く」

森を進み、獲物を確認、ライリーたちに魔物の位置を知らせる。二匹の大猿だ。鑑定をする。

**【フォレストエイプ（5）】　普通**
**【フォレストエイプ（3）】　普通**

「エイプか。面倒だな」

ライリーが舌打ちをする。エイプは牙が鋭く、胸板も厚い。こちらに気づいたのか、雄叫びを上げながら二匹は地面から木の上へ移動した。

「気づかれたか？」

「だろうな。奴らは、警戒心が強く知能もある。辺りに他にエイプはいるか？」

「いや、あの二匹だけだ」

エイプは好戦的で狡猾《こうかつ》だという。気を抜くと一気に隙をつかれてしまうらしい。

「リカルドみたいな奴らだな」

「ふっ。ズル賢さじゃ、リカルドのほうが上だ」

「作戦は、あるのか？」

「あるが……リツ、今回はお前が作戦を立ててみろ。その作戦でいくぞ」

俺の？　何も考えてなかったのだが……木の上の猿か。

「魔法で奴らを木の上から落とす。落ちたエイプにトドメを刺してくれ」

「さっき使った風魔法か？」

「そうだ。あれなら、エイプも木から落ちるだろ？」

「分かった。マチルダ、一人、一匹ずつな」

ライリーの提案にマチルダが無言で頷き返事をする。

茂みから素早く駆けると、俺の姿が見えたのかエイプが二匹とも奇声を上げる。高音と低音が交互に聞こえ、耳鳴りのような錯覚がする。奇声を無視して進むと、木の上からエイプが硬い木の実を連続して投げ始めた。

「痛《い》てっ、痛《い》てて」

普通にクソ痛《い》てぇが我慢して木の下に無事到着して上を確認すると水が降ってくる。頭に降った分は、キモイが吸収したが……腕に付いた水から異臭がする。

「げっ！　小便じゃねぇか！　ふざけんなよ！　クソ猿！　『突風』」

上に向け放った突風で一匹がバランスを崩し木から落下、すぐにマチルダの矢が地面に落ちたエイプの眉間に刺さる。もう一匹は枝にしがみついて難を逃れたか。続けて魔法を放つ。

「『突風』『ハバネロパウダー』」

ん？　直撃したのにハバネロパウダーが効いていない。エイプがしがみついていた枝から再び硬い物を投げつけてくる。

アイテムボックスからハバネロパウダーを掴み、再び風に乗せるが無意味だった。目を凝《こ》らすと、エイプの顔の周りの毛が顔を覆うようにガードしてハバネロパウダーを阻止していた。ズルいな。これじゃハバネロパウダーは使えない。

キモイが木に飛び移り、登り始める。

「キモイ！　何をしてる！　危ないだろ！」

嘲笑いながらエイプが見下ろしていると、キモイから出た大量の水の噴射が顔を直撃した。怒りながらキモイに襲いかかろうとしたエイプが急に止まり、目を掻き毟《むし》り野太い声で叫ぶ。

「ギャキー」

どうやら毛に付いたハバネロパウダーと水が混じり、激痛にもがいているようだ。いや、あれは確かに痛いだろうな。エイプがバランスを崩して落ちて――。

「って、俺の真上に落ちてきてんじゃねぇか！」

急いで剣を突き上げると、エイプがそのまま剣に刺さった。勢いで背中から倒れると、胸元が剣を伝い流れたエイプの血まみれになった。また、血かよ。クリーンがあるから問題はないが、生臭いんだよ、毎回さ。キモイも空から降って俺の腹に直撃する。

「おうふ。お前……助かったけど、勝手に危ないことをすんなよ」

茂みから、ライリーとマチルダがニヤつきながら姿を現す。エイプを横に退《ど》かし、胸に刺さっていた剣を抜く。

「俺らはスライムのおかげで出番なしだったな。すげぇ臭《にお》いだな。小便されたか？　クク」

「『クリーン』。うるせぇよ。それより、これも回収か？」

「ああ、美味いぞ」

食うんかい！

エイプの肉はもちろん、手や牙や核も売れるという。二匹の死骸をアイテムボックスに回収するとライリーが尋ねる。

「底なしのアイテムバッグか？」

「そんなことはないが……」

「まぁ、いい。それより腹が空いたな。休憩にするか」


ルルが作ってくれた肉を挟んだバゲットを食べながら休憩する。昼からは、多種多様な魔物を狩った。初見の魔物も多く、レベルのメーターはあと少しで上がりそうな位置まで来ていた。

今日、新たに狩った魔物はフォレストフォックス、七色ワーム、フォレストクロウといろいろいたな。

出会って一番驚いたのは、ミミックキャットという魔物だ。ミミックキャットを持ち上げる。顔が人だ、人というか――。

「これ、ライリーの顔か？」

「鬱陶《うっとう》しい魔物だ。勝手に人の顔を使って擬態《ぎたい》する奴らだ」

「気持ち悪いな」

「おい！」

ライリーと冗談を言い合っていると、索敵に無数の赤い点が映り始めた。

十五の赤い点……一つは他の赤点と比べてやや大きい。何かの群れか？　マチルダも気づいたようで苦い顔をして言う。

「ゴブリンだよ」

「そうなのか？」

「この動きはそう。強くはないけど、村に近い距離のここまで来るのは珍しい」

索敵の赤い点は集まったり広がったり、はたまたバラバラと不規則に移動する。ライリーが森の奥を睨みながら尋ねる。

「マチルダ、偵察隊か？　何匹だ？　リーダー格はいるか？」

「十五。ゴブリンリーダーよりも弱いけど、他より強いのが一匹いる」

「それなら三人でも余裕だな」

マチルダのスキルは俺と同じ索敵か同等のものだろうな。スキルのレベルや威力は分からないが、魔物の知識も経験値も俺より高い。赤い点が広がりながら徐々に距離を詰める。これは、俺たちに気づいて囲み始めたな。

「二人とも、来るぞ。辺りを囲み始めた」

ライリーとマチルダが武器を構える。先頭にいたライリーが最初にゴブリンに囲まれる。ライリーを手助けしようと近づくが、大声で怒鳴られる。

「こんな雑魚《ざこ》ども朝飯前だ！　リツ、自分の心配だけをしろ！」

マチルダもゴブリンに囲まれ、双剣を構えている。俺にも赤い点が近づくのが索敵に見えると、すぐに近くの茂みからゴブリンが飛び出してきた。汚い声を出し、涎を垂らしながら血走った目で嬉しそうに舌舐めずりをしてやがるゴブリンを鑑定する。

**【フォレストゴブリン（0・5）】　空腹**

間を置かず襲ってきたゴブリンを蹴り上げ、地面に叩きつける。索敵に映るもう一匹が隙を狙って飛び出した瞬間に首元を掴み、そのまま頭を木の幹にぶつけ、顔面に剣を刺す。先ほど蹴り上げた地面を這うゴブリンも、後ろから心臓目掛け剣を押し込み止めを刺す。

顔に付いたゴブリンの血を拭い、クリーンする。相変わらず臭い血だ。今日の魔物狩りの成果なのか、随分と殺傷に抵抗がなくなったようだ。

索敵にはもう二匹見えているが、動きがない。隠れているのか、それとも罠か？　迂闊《うかつ》に近づきたくないな。

「『旋風』『ハバネロパウダー』」

ゴブリンのいる茂みに向けて魔法を放つと、目を押さえ、苦しみながら茂みから出てくるゴブリン二匹。それらの首と心臓を刺し討伐する。頭の中でいつもの機械音声が流れる。

（レベルが1上がりました）

索敵を確認する。ライリー、マチルダ双方の近くにはゴブリンが五匹ずついたがライリーのほうは殲滅、マチルダも残り二匹と戦闘中だ。

残るは、他のゴブリンより強い個体一匹か。索敵を確認、赤い点が離れていくのが見える。

「ライリー！　一匹、逃げるぞ！」

「おい！　待て――」

逃げ出したゴブリンを追いかける。いた！　後ろ姿から鑑定しなくても分かる。ゴブリンライダーだ。

ゴブリンライダーは何度も振り返りながらこちらを確認する。何かが変だ。逃げるのなら、振り返らず一心に逃げるはず。索敵には、特に何も映っていない。思い過ごしか？　気持ち悪い感情を拭えず足を止めると、先を走っていたゴブリンライダーも足を止めた。そうして坂の上からこちらを見下ろしてくる。視力が良くなったせいで、ここからでも奴の汚い顔に付いている出来物まではっきりと見える。

奴の目線は、確かに俺を見ているが――俺よりもチラチラと前方にある、とある場所を確認している。なんであんな場所を見てる？

「罠か」

ゴブリンライダーが視線を向けていた地面に落ちていた太い木に枝を投げると、鞭《むち》が打たれるような音とともに枝が吊り上げられる。踏むと吊るされる、スネアトラップか。エイプなんぞより狡猾な魔物だな。無闇に動けないな。いくつか罠を仕掛けてんだろうな。

ここは村から小一時間ほどの場所だ。半日以上の場所からわざわざここに罠を仕掛けに来たのか。村に目を付けたのは間違いないな。

罠が成功しなかったことを見届け、ゴブリンライダーは素早く退散を始める。奴が背中を見せた途端、二本の矢が頭の後ろに刺さる。マチルダだ。ゴブリンライダーは、そのまま乗っていた狼から地面へ落ちる。狼は、落ちた主に構わず走り去っていった。

後方の茂みから出てきたライリーが、不機嫌そうに怒鳴る。

「おい！　リッ！　何を単独行動してやがんだ、テメェは！」

「悪い。軽率だった」

ため息をつき、ライリーが視線をスネアトラップにかかった木の枝に移す。

「ゴブリンども……予想より、早く仕掛け始めたな」

「ライリー、もう一カ所に罠を見つけたから、解除したよ」

マチルダが、スネアトラップの残骸とゴブリンライダーの死骸を回収してくる。俺は、ゴブリンライダーの死骸を調べるライリーに尋ねる。

「来るのを予想していたのか？」

「リッツが狩ったゴブリンリーダーは大型だったからな。かなり大きな巣なのは予想している。猶予《ゆうよ》がまだあると思ったが……これは、カーターが帰ってくる前に動き出すかもな」

銀狼の剣は、ゴブリンが村を襲撃する事態を予想してカーターと話を進めていたそうだ。

「だが、以前は関わりたくないようなことを言っていなかったか？」

「そうだな。あの村はすぐになんでも噂になる。余計な話を青年団の前で言わなかっただけだ。おい、俺は、そんなに冷たい人間じゃないぞ」

やはり、第一印象では分からないことが多い。そしてライリーは、一週間後に帰るという話も嘘だと口角を上げながら言った。

「おい！　なら、あの日程キツキツの稽古も必要なかっただろ！」

「いや、あれは通常稽古だ」

「絶対嘘だろ。マチルダ、ライリーは、実は相当な嘘つきだろ？」

「え？　こっちに振らないで」

ついマチルダに同意を求めたが、焦ったように顔を逸らされる。

「リツ、あれくらいの稽古ならカーターの時と同じだ。それよりも今はゴブリンだ。マチルダ、罠は人用か？」

「うん。大型用。でも数は二つだけ」

「偵察、あわよくば獲物確保というところか……」

稽古の話はあっさりと流される。ライリーの予想では、数日はゴブリンの偵察隊が送り込まれ、偵察の成果次第では大群で村を襲う可能性があるという。

「偵察隊を始末していけばいいのか？」

「そうだな。数日前は、数時間離れた場所にもいなかったのにな。あー、クソッ」

「ゴブリンは、そんなに厄介なのか？」

「リーダー格は、リツも経験した通りだ。下《した》っ端《ぱ》のフォレストゴブリンは大して強くないが、とにかく数が多い」

数の暴力か。知能もそれなりにある。厄介な魔物ではあるな。それにしても、銀狼の剣の大半を護衛に付けたのは得策だとは思えないが。

「せめて、ヒーラーのオル爺は必要だったんじゃないか？」

「リッ、オル爺なしでミーナとリカルドが仲良く旅をすると思うか？　残すならオードだったが……最近、街に向かう道は物騒だからな」

「そうなのか。魔物か？」

ライリーが首を横に振る。

「いや、盗賊だ。それも含め、今回は領主が動くはずだ。冒険者ギルドにも緊急の手紙をオル爺に預けている」

繁忙期に獲《と》る蛙の皮は幅広く使われ、冒険者ギルドにとっても良い稼ぎだそうだ。村がなくなれば、それが絶たれるだけでなく、領主が開拓に投資した金も無駄になる。

殲滅したゴブリンを、アイテムボックスに入れていく。臭い作業だ。マチルダの倒したゴブリンは傷が目立つ。目や喉仏や手首や膝が斬りつけられ、全て頭にトドメが刺されている。ライリーのほうは、全て胴体から首が取れている。首はどこだ？

「リツ、こいつは、素手で木にぶつけて頭が割れたのか？」

「飛び出してきたからな」

「稽古の時も思ってたが、凄いパワーだな。腕力だとお前には負けそうだ」

「稽古の時、何度となく投げ飛ばしておいてよく言うぜ」

ゴブリンを全て回収、帰りの移動は軽くランニングで村へ戻りそのまま副村長のデレク家へ向かう。


「リツ、着いたぞ。さっさと家の中に入れ」

俺、なんかゴブリン対策に巻き込まれていないか？　余所者なんだが……今さらか。カーターにメアリーとジョスリンを守ると約束したから、それは守らないとな。

デレク家で出された茶で一息つく。美味いな、これ。鑑定をする。

**【薬膳ハーブティー】　良好**

良品ってことか？　しかし、美味い茶だ。ハーブティーとか元の世界でも飲んだ記憶あんまりないが、なんというか……気持ちが落ち着くな。

「リツ、いつまで爺さんみたいに茶を啜《すす》ってんだ」

ライリーに呆れた顔で言われる。爺さんって……俺はまだこの世界では二十一なんだが。

「リツさんは、妻の調合したお茶を気に入ってくれたようで、ははは」

力なく笑うのは、副村長のデレクだ。鑑定ではカーターと同い年だが、カーターよりも十歳ほど年上に見えるおっとりした男だ。デレクの妻、アビーもニコニコしてお茶のおかわりをカップに注いでくれる。

「ありがとうございます」

「いえいえ。元気の出るお茶ですよ。熱いから、ゆっくりと飲んでくださいね」

和やかな雰囲気を掻き消すようにライリーが本題に移り、森でのゴブリンの行動や今後の動きの予想をデレクに説明した。良い報告でないことは気づいていたようだが、デレクは深くため息をつき尋ねる。

「そうか、予想していた中では最悪のシナリオだな。カーターは、間に合うと思うか？」

「それは、分からない。だが、早ければ、数日後には冒険者ギルドから派遣された冒険者が到着するはずだ」

「そうか。今から緊急の集会を開く。村の者にはできるだけ準備をする時間をあげたい」

デレクが額を擦りながら暗い顔をする。アビーが、デレクの肩に手を添え優しく微笑む。

「みんなで協力すれば、きっと大丈夫よ」

「ああ。戦える者が多い。そうでない者は、時が来たら地下のシェルターへ避難してもらう」

「私も毒の準備をするわ」

え？　毒？　驚いた俺にアビーが微笑みながら、毒はゴブリン用だと言い放つがその目は笑っていない。

「妻は、村の薬師《くすし》でな。村では薬屋を営んでいる」

「そうだったのか」

「毒を作るのに足りない材料があるわ。ライリーさん、可能なら護衛を頼めるかしら？」

薬草ならいくつか拾い集めた物がある。アビーに必要な薬草を尋ねると、偶然にも足りないのはマジックマッシュルームだという。マジックマッシュルームを、懐から出すフリをしてアイテムボックスから取り出しアビーに渡す。

「こんな立派な物は森の奥でしか採れないわよ。素晴らしいわね。お金はちゃんと払うわ」

アビーはうっとりとしながらマジックマッシュルームを見つめる。この人もリカルドと同じ変態系なのか……？

早速、毒を調合すると代金の銀貨一枚、それから調合したハーブティーをアビーから渡される。ハーブティーは、薬草探しの時間を短縮できたお礼だと言われたが、一応、鑑定をする。

**【薬膳ハーブティー】　良好**

大丈夫そうだ。

「そんな顔しないで、毒じゃないわよ」

「はは……は」

## 5　ゴブリン戦の準備

夕方前、カーター家に戻るとすぐにジョスリンに抱きつかれた。

「リツお兄ちゃん、お帰りなさい！」

「た、ただいま」

テーブルではメアリーが繕《つくろ》い物をしながら座っていた。これから、嫌なニュースを告げることを思うと気が重い。デレクは今夜緊急の集会を開くと言っていた。遅かれ早かれ聞くだろう話だ。メアリーがにっこりと笑い言う。

「リツさん、お帰りなさい。夕食はできていますよ」

「ありがとうございます」

早い夕食をもらう。今日は、ギニーピッグのハム、それからひよこ豆と大麦のスープとパンだった。ギニーピッグは肉が分厚く味付けは濃い塩味だった。

夕食後、二人に今日のゴブリン関連の事態を隠さず話した。

「ゴブリン……」

「カーターからも聞いていたけど、まさか、こんなに早くに来るとは……」

二人とも驚いてはいたが、ショックは受けてない。ゴブリンの話はすでに村の噂になっていたようだ。村には以前も魔物の襲撃があったそうだが、俺の倒したゴブリンリーダーのような強い魔物ではなかったようだ。メアリーが今からできる準備を確認しながら考え込む。

「村には食糧庫があるから、食べ物なら村全体の一カ月以上は確保してあるわ」

「そうか。地下のシェルターもあると聞いた。二人は──」

「私も戦うわ。これでも火魔法のスキルがあるのよ」

戦闘経験は少ないが、メアリーはレアスキルの火魔法を使えるそうだ。レアスキルは、確か百人に数人だ。ジョスリンがレアスキルを持っているのも遺伝なのか？　火と水は正反対にも思えるが。開拓村にいる村人の中には、元冒険者もいるそうだ。メアリーがシェルターにはジョスリンだけ入ってもらうと淡々と話を進めると、ジョスリンが立ち上がる。

「母さん！　私も戦う」

「何を言っているの？　そんなのは許しません」

「でも……」

「この話は終わりよ。父さんとも約束したでしょう？」

「はい……」

落ち込んで下を見るジョスリンにキモイが近づき……なんだ、あれは？　キモイが不思議なダンスを披露する。もしかして、慰《なぐさ》めてんのか？

「キモイちゃん、ありがと」

ジョスリンが撫でようとすると、キモイがサッと逃げた。ひでぇ。キモイは俺のところに戻ると

ピョンピョンと飛び跳ね、上目遣いで見つめてくる。褒めてほしそうだ。ショックを受けている
ジョスリンに声をかける。

「すまん。こいつは、たぶん、悪意はない」

「大丈夫。キモイちゃん、いつか触らせてくれると嬉しいな」

頭の上にキモイがよじ登ると、集会の鐘が鳴った。メアリーの手に力が入るのが分かった。戦闘力は必要だ。火魔法が使えるならなおさらだ。それでも、二人には怪我などしてほしくない。

「メアリー、無理はしてほしくない。俺はカーターにあなたたちをお願いされたのだ」

「もちろん、リツさんを頼りにしてますよ」

カッコいいことを言ったが、この世界に来たばかりの俺が本当に守るなんてことができるのか？

なんで、こういう時に俺は変な格好をつけるんだ。


――集会から戻り、ベッドへ倒れ込む。長い話し合いだった。もう夜中過ぎたか？　疲れたが眠れる気がしない。

集会は案の定というか、荒れた。デレクのゴブリンの報告から始まり、今後の対策の説明が終わると、混乱する者や急いで家に帰る者、不安に駆られて同じ質問を繰り返す者、戦いに志願する者と分かれた。デレクは村人の質問に丁寧に答えていたが、恐怖とは恐ろしいものだ。

隣でポヨンポヨンと跳ねるキモイを撫でながら話しかける。

「キモイ、なんか食うか？　そういえば、お前、ゴブリンは食うのか？」

ゴブリンをアイテムボックスから出し後悔する。出した瞬間に部屋はゴブリンの悪臭で満たされる。クセェ。キモイにゴブリンを渡すとゆっくりと中で溶けていった。食えるのか！　この分解ショーの光景は慣れてきたが、キモイの中身は酸なのだろうか？

「ダメだ。くせぇ」

部屋の中の臭《にお》いを消すために窓を開け、そよ風を連発して空気を入れ換える。外からは鼻を鳴らす馬の鳴き声が聞こえる。索敵には、たくさんの動く白い点が見えた。

「そりゃ、逃げていく奴もいるか」

まるで夜逃げかのようにコソコソと動く白い点。苦労しただろう開拓村だが、それでもたった数年しか住んでいない村だ。ゴブリンの襲撃がどんなものか知らないが、集会の時に隣にいた女性たちが別の開拓村がゴブリンの襲撃で消えたと不安そうに話していた。

「とんでもない時にこの村に来たな、まったく」

約束した手前もあるが、カーター家には恩を感じている。何よりメアリーとジョスリンがゴブリンの被害に遭うなど想像もしたくない。俺も戦いには参戦する。弱い羽虫だが――。

「クソ、なめやがって」

羽虫のように生きろと存在Aが馬鹿にしていたことを思い出し、腹が立ってくる。違うことに集中しよう。そういえばレベルが上がってたな。

「ステータスオープン」

［ヤシロ　リツ］　21歳　上位人族
LV：　16
HP：　60（＋50）
MP：　61／65
ATK：　25（＋50）
DEF：　20（＋50）
LUK：　16

10ポイント全てをMPに入れる。MPは、現在の最大値は65だ。表示が61なのは、さっきのそよ風か。そろそろ調味料のレベルが上がりそうなので、生成を連打する。
『ハバネロパウダー』『ハバネロパウダー』

〈調味料のレベルが上がりました〉

「よし！　どれどれ」

【調味料Lv5】　塩
胡椒

マヨネーズ
ハバネロパウダー
粉砂糖

いやさ！　さしすせその調味料なんだが……なんでこんなに唐突に粉砂糖が出てくるんだよ。しかも粉砂糖、ＭＰ10も使うのかよ。

粉砂糖を生成してみる。片手では足りない量がドサッと現れ、床に散らばり空中に舞う。

「うわっ。大量だな」

舞った粉が気管支に入り咳き込むと、キモイが嬉しそうに床に落ちた粉砂糖を掃除する。どうせなら普通の砂糖が良かったな。

「いや、これはこれで使い道がある」

これ、せめて容れ物が欲しいな。キモイは散らばった粉砂糖を全て食べつくすと、手に残った粉砂糖も吸い始めた。

「そんなに美味しかったか？　っておい！」

キモイが飛びつくと、勢いで俺はベッドに倒れ、頬ずりをされた。

「なんだよ。そんなに嬉しかったのかよ」

その夜、砂糖を初めて食べた子供のようにシュガーハイになったキモイのダンスが朝方まで続いた。

「お前、もう、寝ろって！」

◆　◆　◆

次の朝、目覚めは悪い。理由は、キモイのオールナイトダンシング大会のせいだ。気持ちよさそうに俺の腹の上で寝るキモイを突きながら叱る。

「お前は、しばらく砂糖禁止だ」

支度後、一階へ下りる。朝食の支度をしているメアリーの表情が暗い。昨日の夜中や朝早くに村を去る者の移動音が聞こえたのだろう。

「リッさん、おはようございます。昨日は眠れなかったのかしら？」

「あ、いや。キモイがちょっと」

メアリーに、キモイのシュガーハイを説明すると大きな声を出して笑われた。この人もこんな笑い方するんだな。キモイが両手を出しておねだりをするので、一角兎を出す。一角兎を吸収しながら、再び触手を伸ばすキモイをジト目で見る。

「ダメだ。砂糖は今は禁止だ。兎を食え」

「キモイちゃん、贅沢《ぜいたく》しているわね」

「砂糖は、高価な物なのか？」

「高価ではあるけど、手に入らないことはないわ。ここの村でも薬屋で買えるわよ」

以前、砂糖が薬扱いされていた名残《なご》りから、今でも砂糖は薬屋で売られていることが多いそうだ。

ちなみに、値段は一袋で銅貨三枚だそうだ。生活費から考えると贅沢品であるが、手の届かない値段ではない。

メアリーに粉砂糖を分けたいが……素手で渡すのも悪いな。メアリーにいくつか使わなくなった大小の瓶を分けてもらい、お礼に粉砂糖を入れて渡す。

「まぁ。こんな砂糖は見たことないわ。小麦粉のようね。真っ白で綺麗だわ。本当にいただいていいの？」

「もちろん」

「今日は、これでブレッドケーキでも作ろうかしら。ジョスリンが喜ぶわ」

ジョスリンも昨日は寝付きが悪かったらしく、今朝はまだベッドの中にいるそうだ。不安もあるのだろう。


朝食を食べ、外へ向かう。ライリーとの稽古は、ひとまず保留になった。状況が状況だしな。

今日は、ゴブリン対策の手伝いをする予定だ。本当はレベル上げをしたいが、数人の隊を編制してゴブリンの罠の確認をするために午後から森へ入ると集会で決まった。

村の中はゴブリン襲撃の緊迫した雰囲気はなくのどかな風景だが、地面にはいくつもの車輪跡や足跡があった。ほとんどがまだ新しい物なので、夜逃げなのだろう。

索敵で確認すると、全体的に昨日より二割人口が減っていた。こんな状況で八割も残れば上々ではないだろうか。

森側の村の入り口では、十数人の男女が集まり、中心にはデレクもいた。

「リツさん、おはよう！」

「おはようございます。手伝いに来ました」

「それは、助かる」

デレクたちは、壁の外に設置する対ゴブリン用の杭を準備していたそうだ。大きな杭が何本も地面に並べられていた。早速、手伝うか。

杭打ちは重労働だったが、この身体は体力だけは無限にあるかのように疲れ知らずだ。約百本の杭を壁の外に打ち終え、差し入れされたババードの串を頬張った後に鍛冶屋へ向かう。

途中、倉庫の食料を運んでいた人たちとすれ違う。どうやら、食料を地下に移しているようだ。

鍛冶屋に到着するが、閉店の表示が窓から見える。中にいたカールに手を振る。

「おう、リツか。防具と剣はできてるぞ」

「店を閉めてるのに悪いな」

「気にすんな。今日は、どの店も閉まっている。商売どころじゃないからな」

カールが注文していた防具を取りに店の奥へ向かう。店の端には剣や斧にナイフやフライパンなど武器になりそうな物が集められているのが見える。戻ってきたカールに尋ねる。

「あれはゴブリン用か？」

「そうだ。使える物はなんでも使わないとな。調整するからこの防具を着けてくれ」

カールが防具の最終調整をする。胸と腹と脚を守るシンプルな防具だが重量が軽く、防具を着けている感じがしない。

「着心地はどうだ？」

「思ったより軽いが、動きやすくていい」

ゴブリンリーダーから奪った大剣も綺麗に研がれ、別物のように光っている。切れ味が良さそうだな。良い出来だ。

「リツは、昼からの森に向かう隊に参加する予定か？」

「そうだな」

「そうか……気をつけろよ」

「その予定だ」

カールに軽く挨拶後、鍛冶屋を後にする。宿に向かうと、ちょうどライリーとマチルダが出てくるところだった。

「ライリー、集合場所に向かうのか？」

「ああ。お前は、俺たちと一緒の隊だ」

肉屋や狩りの得意な他の村人とともに、四、五人の隊が四つに分かれ森へ入る。ライリー、マチルダ、俺に狩人の青年バロンが同じ隊になった。念のために狩人の青年を鑑定する。

**【バロン（25）】　良好**

一時間ほどして昨日のゴブリンが現れた場所に到着する。索敵には特に何も映っていない。

「まぁ、都合良く昨日と同じ場所にはいないよな」

「もう少し、奥に行くぞ」

ライリーに続き、森をさらに数十分ほど進むと索敵に反応が出る。昨日のゴブリンと同じ反応だ。

マチルダも気づいたようで、警戒の合図を他の二人に送る。索敵で見る限り、ゴブリンの数は十四だ。どれもフォレストゴブリンでリーダー格ではないようだ。

「二手に分かれて、五匹ずついくぞ。マチルダはリツと、バロンは俺について来い」

ゴブリンは問題なく殲滅した。研いだ大剣はやはり恐ろしいほどの切れ味で、ゴブリンの胴体が真っ二つに分かれた。大剣の切れ味が楽しく、残り四匹のゴブリンの首をあっという間に刎《は》ねた。

「私の出る幕なかった。罠があるか確認してくる」

マチルダが俺にジト目を向けた後、罠を探しに行く。ゴブリンをアイテムボックスに収納、剣に付いた暗緑色の臭《くさ》い血をクリーンする。

森でのゴブリン狩りは夕方まで行われた。今日、俺たちの隊が狩ったゴブリンの数は二十四匹だった。森の奥に行けば行くほど、赤い点が増えていった。その中には無論ゴブリンでない魔物も多くいた。

「暗くなる前に村に戻るぞ」

ライリーが引き上げの合図を出す。レベルはあと少しで上がりそうだったが、今日はここまでか。

村への帰り道の途中でバロンに声をかけられる。

「リツ、怪我の治療助かった」

「酷い怪我じゃなくて良かった」

バロンにはレアスキルはないようだが、弓の命中率は高かった。さすが狩人だ。途中、近距離戦の時に腕をゴブリンの爪にやられたのを治療した。俺のスキルは露見するが、治療はコモンスキルだ。大それたものではない。ゴブリンの爪は、変なバイ菌が怖いので入念に治療をかけたためかバロンの腕には傷跡はほぼ残らなかった。


「村が見えてきたな」

村の入り口前には人だかりができていた。肉屋の隊が数人怪我をしたようだ。肉屋の厳《いか》ついおっさんが、状況を尋ねたライリーに答える。

「ゴブリンメイジだ。大丈夫だ、ちゃんと仕留めて持ってきたぞ」

おっさんが持っていた袋を逆さにすると、マントで包んだ、頭を粉砕した小太りなゴブリンが出てきた。鑑定をする。

**【ゴブリンメイジ（-）】　死骸**

魔法を使えるゴブリンか。厄介だな。肉屋のおっさんの隊は、ゴブリンメイジを含む十匹のゴブリンと衝突したそうだ。他の隊はまだ戻っていないという。

「怪我人がいるなら、治せるかもしれない」

「治癒のスキル持ちなのか！」

「いや、違うが……怪我人を見せてくれ」

肉屋のおっさんが、集まっていた村人をかき分け怪我人まで案内する。一人は軽傷のようだが、もう一人は酷い火傷《やけど》だった。ゴブリンメイジは火の使い手だったようだ。鑑定をする。

**【ロン（36）】　重傷**

火傷は、右腕から首にかけて続く酷いものだった。まだ意識のあるロンは苦しそうに歯を食いしばっている。患部の衣服を取り除き、治療をかける。

「『治療』『治療』『治療』」

一番酷い箇所を重点的に治療していく。治療にはMPの消費はないが、治せる限界があるらしい。これ以上は治療をかけても治らないようだ。見た目はまだ痛々しいが酷い箇所は随分とマシになり、軽傷部分は少し赤い痕が残るだけ。

完治まで数週間はかかるだろうが、感染症だけ気をつければ大丈夫だと思いたい。

「俺ができるのは、ここまでだ」

「抉《えぐ》られたような痛みは引いた、十分だ。感謝する」

後は村の治癒スキル持ちに治療してもらう、そう言って仲間に支えられ連れていかれるロンを見て俺は、ここが現実だと実感する。ステータスなどでどこかゲーム感覚だった。

村の入り口の人だかりは解散、まだ戻っていない最後の隊をライリーとマチルダとともに待つ。

俺はその間、アイテムボックスに手を入れながらせっせと粉砂糖を生成する。

最後の隊は夕刻を過ぎて戻ってきた。

「心配したぞ。随分、遅かったな」

「ああ、ゴブリンはいなかったが最後にオークに襲われてな。一匹の外れオークだったから時間はかかったが仕留めてきた」

そう説明する男が抱える背中のカゴからは、オークの物だろう手足が飛び出していた。

「怪我人は？」

「かすり傷だ。大したことはない」

◆◆◆

それから二日間は、ゴブリン狩りが行われた。ゴブリンや現れる魔物を狩ったおかげでレベルも一つ上がった。

［ヤシロ　リツ］　21歳　上位人族
L　V：17

HP：60（＋50）
MP：70
ATK：30（＋50）
DEF：20（＋50）
LUK：16

ポイントは、MPとATKに5ポイントずつ振った。

ゴブリン狩りを始めて三日目には、ライリーの手紙での要請を受けた冒険者パーティー三組、十数人が村に到着した。それから二日、冒険者と村人のゴブリン狩り隊の活躍で順調にゴブリンを後退させている。現時点では死者も出ておらず、怪我人だけで済んでいる。

毎晩、寝る前には余ったMPで粉砂糖とハバネロパウダーを生成した。


今夜は、副村長デレクの家で今後の作戦会議が行われていた。それぞれの隊がゴブリンの出た箇所を地図に記していく。話し合った結果、巣は北東の位置にあるのが濃厚という結論に至った。

冒険者パーティー『北の斧』のローが、デレクとライリーに疑問を投げかける。

「初日にゴブリンメイジが出たそうだが、ここ二日は下っ端のゴブリンだけだな。ライリー、お前が思っているより巣が小さいんじゃねぇか？」

「リッツ、ゴブリンリーダーを出せ」

ゴブリンリーダーはすでに狩り隊の村人には見せていたが、冒険者たちには話をしただけだった。

ゴブリンリーダーをアイテムボックスから出すと、手を鼻に当てながら険しい顔をした冒険者たち。ローはまじまじとゴブリンリーダーを観察する。

「これは、確かに通常より大きな個体だな。この白いのはなんだ？」

「そういう質問はご法度なんだろ？」

「まぁ、そうだな」

作戦会議では、このまま領主の騎士と合流するまでゴブリンを後退させることで合意、ここ数日と同じ作戦で行くことになった。ただし、領主の騎士が援護に来るという確証はない。

今日までの数日で狩ったゴブリンは全体で百匹を余裕で超えている。十数人の冒険者は加わったが、戦える人数は五十もいない。今は耐えながらカーターの帰りを待つしかない。

作戦会議解散後、席を立つとアビーに声をかけられた。

「リツさん、毒が完成したの。必要な時は一つまみ餌に入れて撒き散らせばいいわ。イチコロよ！」

「ア、アリガトウゴザイマス」

アビーが満面の笑みで渡してきた袋を鑑定する。

**【対魔物用猛毒】　良好**

「……キモイ、お前、絶対これ食うなよ」

キモイが目をうるうるさせ、震えるように全身をプルプルすると触手を上げた。

カーター家に戻り、今日も欠伸《あくび》をしながら調味料の生成が終わると、キモイが膝の上でぽよぽよと飛びながらアピールする。

「お前、粉砂糖が欲しいだけだろう？　今日はもう寝るからだめだ」

ベッドで横になると嫌な感じがする。なんとも言えないこれは、不安だ。

◆◆◆

ゴブリン狩りを始めて六日目、とうとう一つの冒険者パーティーが夜中になっても帰ってこなかった。遅くまで冒険者の戻りを待ったが……彼らの捜索は、翌朝に行うことで解散した。

不安が的中したか……。

明日の捜索に向けベッドに入ったが、寝ることができず、キモイにとあることを頼むことにした。成功するといいが、そう思いながら横になるといつの間にか意識を手放していた。

翌朝の早朝に目を覚ます。寝起きは良い。腹の上で丸まるキモイに声をかける。

「キモイ、どうだ？　できたか？」

キモイが腹の上でビシッと触手を上げる。キモイの側には、パチンコ玉サイズの鉄の玉が数百個あった。

「上出来だぞ、キモイ！　ほら、これでも食え。それ食ったら、デザートもやるぞ」

昨晩寝る前に、棍棒をキモイに食わせ、パチンコ玉サイズの鉄の玉を排泄《はいせつ》するよう、粉砂糖の瓶をちらつかせて頼んでおいたのだ。キモイが理解したのかは半信半疑だったが……上出来だな。

キモイが朝食を平らげるのを待ち、ご所望の粉砂糖を与える。キモイはピョンピョンと飛び跳ね、粉砂糖を盛った皿の上に着地してあっという間に吸い上げる。

「すげぇ勢いで吸うな！」

キモイは床に飛び散った粉砂糖を綺麗に掃除すると、また例の変なダンスを踊り始めた。ご機嫌だな。

「棍棒はまだあるが、もっといけるか？」

ビシッと蝕手を上げるキモイに棍棒を与える。パチンコ玉ができるのは数時間後か？　キモイが足元でスリスリしてくる。

「もっと粉砂糖が欲しいのか？　後でだ。食ったばかりだろ。それくらい我慢しろ」

俺の頭によじ登り、上でポヨンポヨンと飛び跳ねて抗議するキモイを無視して一階に下りる。

「リツお兄ちゃん！　冒険者が戻ってないってさっき隣の人に聞いたけど、本当なの？」

この村、マジで噂が瞬時に伝わるな！　不安そうにこちらを見上げるジョスリンを安心させるために笑顔で答える。

「今日、みんなで捜しに行く予定だ。心配するな」

「でも……」

「ジョスリン、朝の掃除はしたの？　もうすぐ、朝食だから早く済ませてきなさい」

「はーい……」

メアリーに注意され、箒《ほうき》とちりとりを抱えジョスリンが表の掃除に向かう。助かった。

メアリーがニッコリと微笑む。

「キモイちゃん、今日はご機嫌なのね。頭の上でずっと踊っているわよ」

「今日は、良い仕事したので粉砂糖をあげたらこの有様だ」

「美味しいから仕方ないわ。そうそう、これを作ったから、ぜひ持っていってちょうだい」

メアリー作のブレッドケーキを受け取り、村の入り口の集合場所まで向かう。俺を見つけたライリーが手を上げる。

「リツ、こっちだ。今日は混合で二手に分かれて捜索だ」

「生きていると思うか？」

「さぁな。あいつらはDランクの冒険者パーティーだったが……ゴブリン十匹くらいなら余裕で殲滅できる実力のあるパーティーだ」

「前からの知り合いか？」

「数回、別の依頼で組んだだけだ」

二手に分かれ、捜索する。俺が加わった捜索隊はライリーをリーダーに十五人ほどの人数だ。

戻らなかった冒険者が向かった方角に進むこと二時間、先頭を歩いていた狩人の一人から、大きな声が上がる。

「こっちだ！」

声の方角に走ると、そこには血だらけの布が落ちていた。いや、指がある。あれは、人の手なのか？

狩人の一人が布を持ち上げ、じっくりと観察するのを全員が無言で見守る。

みんな、この状況、平気なのか？　俺は今にも吐きそうなんだが……。斜め隣にいた若そうな村人は顔が真っ青だ。同志か？　鑑定してみる。

【ジェラルド（17）】　吐き気

同志だ！　初心者にはハードルの高いスプラッター現場だ。腕らしき物を直視するのをやめたら、吐き気は収まった。ライリーが、血まみれの布きれを観察していた狩人に尋ねる。

「人か？」

「ああ。間違いない。中身だけ食われてやがる」

その言葉を聞いた瞬間、口の中で吐いてしまう。今、俺が吐いたらきっとジェラルド青年ももらいゲロをしてしまう。グッと我慢して、口の中の物を呑み込む。最悪だ。口の中がゲロ臭い。うがいがしたい。クリーンしたら、口の中はましになったが、息がゲロ臭い。

「リツ、泣いてんの？」

マチルダが、不安そうな顔でこちらを覗いてくる。

「いや、違う」

「別に泣いても大丈夫だ。これを使って」

マチルダに勝手に泣いてると勘違いされ渡されたのは、小さな蝶《ちょう》が刺繍《ししゅう》されたハンカチだった。

マチルダが刺繍したのか？　想像できないな。鑑定してみる。

**【蝶の刺繍入り布】　普通**

普通……鑑定さん厳しいな。

「マチルダ、ありがとう。泣いてはいないが、遠慮なく使わせてもらう」

「大丈夫だ。誰にも言わない」

マチルダが憐《あわ》れみの視線を向け、そっと立ち去る。

おい！　マチルダ！　勝手に勘違いしてんじゃねぇよ！

くっ。マチルダが遠くから優しい顔で見てくる。やめてくれ！

口の中をもう一度クリーンするが、気持ち悪いのでウォーターでうがいもする。ライリーと狩人は、これが行方不明の冒険者の一人の腕だろうと判断した。

「争ったのは、ここじゃねぇ。地面に残った血痕は東から西に伸びている。西に向かうぞ」

西に数十分進むと、生臭い臭《にお》いがする。索敵には、赤い点と緑の点が数カ所に集まっている。嫌な予感がする。

　現場に到着する。やはりというか、変わり果てた冒険者パーティーがいた。ゴブリンが遺体の大部分を持ち去ったのだろうが、残った残骸には魔物や動物が群がっていた。遺体は食われすぎて、正直それが人だとは識別できず吐き気はしなかった。全員が、最悪の結果に言葉を失っている。

　地面の足跡を見る限り、多勢に無勢の状況だったと推測される。気になるのは、遺体の側の大剣の斬撃で抉れた木だ。このパーティーに大剣使いはいなかった。

　木についた切り口の位置から、俺と同等の身長、または少し大きい奴の仕業《しわざ》だ。はっきりとは分からないが、俺の身長は百七五センチ近くあると思う。ゴブリンリーダーは、俺よりも身長が低かった。それで、大型と言われていた。これは、あのゴブリンリーダーよりも上位の存在がつけた可能性が高い。鑑定をしてみる。

**【オールの木（40）】　軽傷**

　植物まで年齢や状態が出んのかよ！　木を観察していたらライリーが隣に立った。

「これをやったゴブリンと鉢合わせたら厄介だ。これ以上犠牲は出せねぇ。引き上げるぞ」

「これをつけた奴、倒せるか？」

「俺が思ってる奴なら、一人では絶対無理だな」

リスタの村に戻ると、もう一隊の捜索隊も戻ってきた。ライリーが同胞の訃報《ふほう》を伝える。北の斧のローは一瞬悔しそうな顔をしたがすぐに平常心に戻り、ライリーに礼を言う。

「そうか。見つけてくれて、ありがとな」

「ああ、生きていてほしかったがな」

その夜、デレクが村人に集合をかけた。状況を説明し、鍛冶屋から提供された武器をそれぞれに配布した。村全体が不安に襲われたが、索敵には夜逃げする者は映し出されなかった。

夕食中、メアリーもジョスリンも口数が少なく、どうしていいのか分からず困った。

部屋に戻りベッドに座ると黙々と粉砂糖を生成する。MPが10必要だからか知らないが、調味料のレベルメーターはぐんぐん伸びている。

ジャラジャラとキモイから出たパチンコ玉が大量に床にぶち撒けられる。触手を上げ、粉砂糖をおねだりするキモイに呆れながら注意をする。

「キモイ、出す時はせめて教えてくれ。粉砂糖は飯を食った後だからな」

キモイに、ストックのあるゴブリンを与える。粉砂糖は夜なので瓶から少量のみを与え尋ねる。

「梶棒、またいけるか？」

念のため、キモイを鑑定する。無理はさせたくない。

**【キモイ（1）】** **超良好**

元気だな。大丈夫そうなので棍棒を数本与えベッドに入ると、考えないようにしていた今日の惨状が脳裏を巡る。

あれが、自分だったらと思うとゾッとする。今日は精神的に辛い一日だった。あそこで、よく吐くのを我慢できた。マチルダには変な誤解をされたがな。別れ際にクリーンしたハンカチを返した時も「大丈夫だから」なんぞ憐れみながら言いやがって、マジで！

◆　◆　◆

いつの間にか眠りについたその夜、不思議な夢を見た。あのエレベーターで一緒になった女子大生が、泣き叫びながら何かを訴えていた。

彼女が何を言っているのかは聞こえず、唇の動きから読み取ろうとしたが――その途端に腹を強く殴られる感覚がして目が醒める。

目の前には飛び跳ねるキモイがいた。

「キモイ、お前、腹の上で飛び跳ねんなって……」

キモイは、どうやらパチンコ玉ができたと知らせるために腹の上で飛び跳ねていたようだ。

「できたか？　よし、出せ」

ビシッと触手を上げると、ジャラジャラとキモイからパチンコ玉が出てきた。今回は大量だ。アイテムボックスに入れると、鉄の小玉二千五百個と表示されていた。頑張ったキモイに餌と粉砂糖をあげ、さらにゴブリンの棍棒と剣を与え、朝食に向かう。

一人で朝食を食べていたジョスリンに挨拶をする。

「おはよう」

「リツお兄ちゃん、おはよう……」

今朝も落ち込んでるな。メアリーは、早朝からゴブリン対策のため出ていると言われた。

「それ、メアリーの作ったブレッドケーキか？」

「うん。リツお兄ちゃんは食べた？」

昨日は食欲がなく、ブレッドケーキはまだアイテムボックスに入れたままだった。

ジョスリンが自分のブレッドケーキを分ける。

「俺のはまだあるが、これをもっと甘くする方法を知りたいか？」

「え？　うん！」

粉砂糖に少量の水を混ぜたアイシングをブレッドケーキにかける。ジョスリンは、上が真っ白になったブレッドケーキに目を輝かせ食べていいかと尋ねる。

「全部食っていいぞ」

「キモイちゃんは？」

頭の上で髪を引っ張るキモイを無視していたが、仕方ないのでアイシングしたブレッドケーキを一切れ与える。雑食だが味の好みはあるらしい。特に砂糖は好きなようだ。

「これ、凄く美味しいよ！」

「そうか、良かったな」

甘い物を食べたジョスリンは、先ほどより元気になったようだ。

朝食後、ライリーたちと合流する。森のゴブリン討伐は、昨日と同じように二手に分かれて行われた。奇妙なことに、その日は午前も午後もゴブリンは一匹も現れなかった。索敵にはポツポツと赤い点が映っているが、動きが違うので別の魔物だろう。

「リツ、戻るぞ」

「もうか？」

「これ以上は危険だ。奴ら温存してやがる。帰って襲撃に備えるぞ」

村へ戻り、襲撃への対策の罠などを作るのを手伝う。キモイが再びパチンコ玉を放出すると、玉の合計数は三千五百玉ほどになった。ライリーが首を傾げながら尋ねる。

「それはなんだ？」

「罠用に作っている毒の玉だ」

ライリーに罠の説明をすると、西側が手薄なのでそこに仕掛けるよう言われる。アビー特製毒を、村人に譲ってもらった小麦粉と水に混ぜ、パチンコ玉を浸けた罠である。それを数個の小箱いっぱいに詰め込み、索敵の映るギリギリの百メートルの距離に設置した。

その晩、村人と冒険者双方が交代で村の周辺の見張りをした。俺は、朝方の見張りの班に加わることになったので今日はさっさと寝ることにする。寝る前に調味料を生成する。

『粉砂糖』『粉砂糖』『粉砂糖』」

（調味料のレベルが上がりました）

「よし！　今回のレベルアップは早かったな」

**【調味料Lv6】**

**塩**
**胡椒**
**マヨネーズ**
**ハバネロパウダー**
**粉砂糖**
**鰹節《かつおぶし》**

は？　鰹節って調味料なのか？　ＭＰはこれも10だ。本音を言うと醤油《しょうゆ》が欲しかったのだが、鰹節というのは粉か？　液体が出たら困るな。とりあえず部屋で唱えてみる。

「『鰹節』」

足元に何かが落ちる音がする。下を見ると、木の棒のような——。

「待て待て待て！　おい！　これ干し魚じゃねぇか！」

実物を見るのは初めてだが、一本の鰹節だと一目で分かる。床の鰹節を拾う。硬いな。後ろのほうには若干黒い皮が付いていて、表面は薄茶色の粉か？　粉を鑑定するとカビの表示が出る。

「カビかよ！」

まさか、まんま一本の塊が現れるとは……これ調味料カテゴリーに入るのか？　醤油や酢をすっ飛ばし、鰹節一本はエグイぞ。何かのバグなのか？

鰹節を嗅ぐと、思ったよりいい匂いだ。ナイフで鰹節を削《そ》ぐ。

「見たまんま、結構硬いな。これだけで武器になりそうだ。形もダガーナイフみたいだしな」

削ぐたびに、懐かしく優しい香りが部屋に充満する。鰹節の中は赤く、断面は魚なのがよく分かる。道具がないので慣れ親しんだ薄切りではなく、不恰好に削られた鰹節だが、白米に載せて食いたい。やべぇ、米が食いたい。

「なんだ？　お前も欲しいのか？」

興味深そうに俺の手元を見ていたキモイに、一欠片《かけら》の鰹節を与えるとすぐに吸収され消えてなくなる。食べ終わったのか、おかわりを要求してくる。希望通り、鰹節をもう一欠片与える。手のひらからスッと鰹節が吸われなくなる。

「マジで食いしん坊だな。ゴブリン問題が終わったら、一緒に米を探すか。鰹節がもっと美味くなるやつだ」

キモイが言葉を理解しているか知らないが、両蝕手を上げ喜んでいるようだ。

「ああ、生き残って米を食おうぜ」

キモイをヨシヨシと撫でベッドに入り横になると、すぐに意識を手放した。

## 6　ゴブリン戦

カンカンカン——と夜中に大きな警鐘が打ち鳴らされる音で目が覚める。

「ゴブリンか？　ついに、来たか」

索敵を見るが、村人や冒険者の白い点が動いている表示以外は見えない……いや、これか。森のほうから白い点が二つ高速で移動している。森の中で見張りをしていた冒険者だな。冒険者の合図で警報の鐘を鳴らしたのか。それなら、ゴブリンはもうすぐそこまで迫っている。

「キモイ、起きたか？　準備して行くぞ」

キモイがピョンピョンと飛び跳ねてパチンコ玉ができたことを知らせ、ジャラジャラとパチンコ玉をドヤ顔で出した。ナイスタイミングだな。

下りると、台所からはメアリーとジョスリンの口論が聞こえた。分かっていたが、ジョスリンがシェルターに行きたくないとごねている。

「ジョスリン、いい加減にしなさい！」

メアリーに怒られ、黙り込んだジョスリンは俺を見つけると駆け寄ってきた。

「リツお兄ちゃん、私だって戦える、お母さんを守れる！」

メアリーの心配か。確かに心配だが、メアリーはすでに心を決めた表情だ。カーターは村長なのでメアリーだってこの村を守るため、大人しくシェルターに入っているわけにはいかないだろう。

だが俺も心配していることがある。

「ジョスリンには、重要な仕事がある。シェルターに入ってもらわないと俺が困る」

「え？　仕事？」

「そうだ。キモイの子守りだ」

キモイの動きが止まり固まる。言葉が分かるかは未だはっきりしないが、やはり俺の意思は伝わっているのだろう。名付けの副作用かもしれない。

「キモイちゃんの子守り？」

「今回、対魔用の毒が使われるからな。アビーさんは、ゴブリンによく効くと言っていたが……キモイも魔物だからな。心配なんだ」

アビーはゴブリン用に調合するといっていたが、鑑定には対魔物用猛毒と出ていた。どれほどの威力か知らないが、キモイはまだ一歳の幼体（？）だ。変な毒に晒したくはない。

ジョスリンは迷っているようだが、シェルターに入る入らないの選択権なんぞないぞ？

「ジョスリン、キモイちゃんのためにもシェルターで待っていられるわね？」

半ば強引にメアリーが話を進め、シェルターに行く準備を始める。ジョスリンは複雑な表情だが納得はしたようだ。

ボスッと脛《すね》を叩かれる感覚がする。足元を見ると、キモイに触手で殴られたようだ。痛くはないが、シェルターに行くことをキモイも納得はしてないらしい。

「お前のためだぞ！」

ボスッとまた脛を殴られる。キモイを抱き上げ説得する。

「それならジョスリンに粉砂糖を渡しておくってのはどうだ？　いい子で待っていたら、粉砂糖追加の褒美もあげるぞ。どうだ？」

モゾモゾと動くキモイがどうするか悩んでいるようだ。悪いが、お前にも選択権はないぞ。

納得したか分からないが、キモイが控えめに触手を上げる。いつもの半分の勢いだ。

「いい子だ」


急ぎ足でシェルターへ向かう。すでにシェルターには戦うことのできない老人と子供と怪我人がいた。シェルターは、何もないように見える畑の一角の地下にあった。防空壕のような作りだな。中は暗く、埃っぽいが生活魔法があれば大丈夫だろう。

キモイは俺以外には触れられたくないようなので、麻の袋に入れジョスリンに渡す。粉砂糖を多めに入れた大瓶も一緒に渡す。

「ジョスリン、一気にたくさんあげるなよ。あと、食い終わったら変な踊りをするが、害はないから。キモイを頼んだぞ」

「うん。分かった。リツお兄ちゃんも……死なないでね」

「ああ。キモイもジョスリンを頼んだぞ！」

キモイを撫で、しばしの別れの挨拶をすると小さな声が聞こえた。

「キュイ」

「は？」

なんだ、今の……キモイが鳴いたのか？　小さな軋《きし》むような可愛い音は、ジョスリンと俺にしか聞こえなかったようで、ジョスリンも驚いた顔でキモイを凝視する。

「キモイちゃんの声？」

「そうみたいだな。スライムはあんな声で鳴くのか」

「スライムが鳴くなんて聞いたことないよ」

「そうなのか……キモイ、心配すんな。ちゃんと戻る。米を一緒に探しに行くんだろう？」

キモイがビシッといつもの勢いで手を上げる。食いしん坊な奴だ。

それぞれ簡単な別れを済ませ、全員がシェルターに入ったので、入り口の上から干し草や土をかけ隠蔽《いんぺい》した。地上に残った者は、すぐに忙しく動き始めた。

「メアリー、行こう」

心配そうに最後までシェルターを見ていたメアリーとともに集合場所へと向かう。移動中に索敵を確認する。百メートル内にゴブリンの姿はまだ映ってはいないが、白い点が村の入り口から塀の外へ徐々に集まり始めているのが見える。

ババードの鳴く声で足を止めると、以前会った爺さんが鳥たちを小屋に移動させていた。

「爺さん！　何してる！　シェルターは、もう閉まったぞ」

「シェルターには、入らんぞ。ワシも戦う予定だ」

爺さんは別にヨボヨボではないが、不安なので鑑定する。すると鑑定のレベルが上がった。

**【サイラス（71）】　良好　20**

20ってなんだ？　ステータスで鑑定を調べる。

**【鑑定Lv4】**
**対象の名前**
**対象の状態**
**対象の年齢**
**対象のレベル**

レベルあんじゃねぇか！　村人がステータスを知らないだけで、それぞれにレベルはあったのか。

爺さんは俺よりレベルが高いが、これだけを見ても何が強いのか分からない。この不親切なシステム、頼むからどうにかしたい。

「分かった。爺さん、死ぬなよ」

「兄さんもな」

爺さんと別れ、隣にいたメアリーも鑑定する。

【メアリー（29）】　良好　18

地味に俺よりレベルが高い……。年齢にしてはレベルは低いのか？　平均が分からないのでなんとも言えないが、ＨＰとかＭＰの配分はどうなっているのだ？　ステータスもないなら振り分けもしてないだろうしな。レベルの平均値は、他と比較しない限り分からないな。

ライリーたちと合流するがマチルダだけいない。

「ライリー、マチルダは？」

「別の隊と偵察に行かせた」

「そうか」

森の見張りの冒険者の報告から、ゴブリンは、村から駆け足で一時間ほどの距離に陣を敷いているということだ。冒険者のスピードで走って一時間の距離か。道なき道を走ることを考慮すると一キロ、四、五分ってところか？　十二キロ前後の距離にいるのか。近いな。

ライリーが見張りの冒険者に尋ねる。

「数は？」

「数百だ。暗くて全てを把握できなかったが、三百匹以上は確実にいる。それから、中心にジェネラルも確認した」

ゴブリンジェネラル——ゴブリンリーダーより強く、統率力がある個体だと説明を受ける。強い個体がいることは誰もが予想していたが、実際に存在を確認したとの報告を受け、村人のほとんどが不安な表情を隠すことができなかった。

そんな状況の中、遠くの森の中から火の玉が二回上がるのが見えた。声を張り上げたライリーに全員が注目する。

「ゴブリンどもが移動し始めたぞ。数百を正面から迎える必要はない。罠を活用しろ。無理をするな。ダメだと思ったら後退しろ。全員死ぬなよ」

◆◆◆

解散後、すぐに罠を仕掛けた村の西側へ、メアリーや冒険者や村人とともに向かうが暗い。周りの足音は聞こえるが、誰も口を開かず進む。流れる沈黙の空気で緊張感が増す。隣で歩くメアリーから、小さなため息が聞こえる。

「大丈夫か？」

「ええ。ジョスリンのことを考えて……」

「今頃、キモイの変な踊りを見せつけられているだろうな」

「ふふ。そうね」

見張りの冒険者の情報から、ゴブリンは北東から来ると予想した。そちらに人数を割いた分、こちらは少人数だ。ライリーを含む多くの冒険者が北東に向かった。でも、もしこちらが当たりだった場合は……そんなこと考えてもキリがないな。

罠については、仕掛けている途中と出発前に説明した。

こちらを先導しているのは、カイラという十八歳の女冒険者だ。鑑定にはレベルは22と出ていた。

ちなみにライリーはレベル58だった。ライリーはCランク冒険者と言っていたが、他の冒険者よりもレベルが高いほうだった。冒険者の中でレベルが一番高かったのは、北の斧のローの60だったが、ライリーと年齢差が十五歳ほどあったので経験の違いだろう。


「着きました」

事前に準備していた塹壕《ざんごう》に身を潜めゴブリンを待つ。待ち時間に残りのブレッドケーキを食う。腹が減っては軍《いくさ》はできぬ。食ってないでもっと準備をしておけと偉人に叱られそうだが、これは俺の今世最後の飯かもしれないんだ。ゆっくり食わせてもらう。

ブレッドケーキを満足げに食う俺に、不安そうにカイラが声をかけてくる。

「普通は、上に陣を敷くと聞きました。こんな窪《くぼ》みで本当に大丈夫なのですか？」

「ああ。合図したら、何度も言うが絶対に誰も顔を出すなよ」

全員が頷きながら返事をする。罠はライリーやローには高評価だったが村人は半信半疑だ。ゴブリンリーダーを倒した俺に仕方なく付き合っているが、所詮数日しか知らない男だ。頭を下げる合図を何度も全員と確認するが、数人には本当に大丈夫かと心配される。

「今はこれしかない」

今さら罠の作戦はやめられない。パチンコ玉は、新たに設置した分と合わせ四千発以上はある。上手く作動することを祈るばかりだが、作動しなかった時は――みんなで逃げる予定だ。

代替プラン？　んなもんねぇ！　そんなの考える時間もなかった。一か八かだが、やるしかない。

罠において一番重要な人物、メアリーに確認を取る。

「メアリー、あの光る目印は見えるか？」

「見えるけれど、あれは何かしら？」

「ミミックキャットの目玉だ。あそこまで火魔法は届くか？」

「届くわ」

マチルダから聞いた通り、ミミックキャットの目玉は暗闇でも光っていた。貴族の夜の逢引きに重宝されている品物で高く売れると聞いていたが、本当によく光って目立つ。

日の出にはまだ時間がある。可能なら暗闇では戦いたくないのだが……。

「あれを目印に時が来たら、火魔法を放ってくれ。放ったら、すぐに隠れろ。顔は絶対に出さないでくれ」

「分かったわ」


少しして索敵に赤い点が映り始める。来た。中心には、見たことのない大きさの赤い点があり、俺は舌打ちをする。こっちが『当たり』か。

索敵に映るゴブリンは、重なって全てを数えきれないが、五十匹ほどか。対するこちらは十四人だ。厳しいな。ゴブリンだけならいけるだろうが、あの大きな赤い点に少人数で挑むのは厳しい。窮地《きゅうち》なはずなのに、冷静な自分に驚く。パニックに陥らないのはプラスと考えるべきだな。他には聞こえないようカイラに耳打ちをする。

「カイラ、ゴブリンが五十四ほど来るぞ。あとゴブリンジェネラルもこっちに向かっている」

「え？」

カイラの顔が一気に蒼白になった。十八歳ということは、まだ冒険者になって長くても二、三年。明らかに彼女にはまだ荷が重いが、どうしようもない。

「大丈夫か？」

「は、はい」

「それで、どうする？」

「……削げるだけ削ぎます」

さすが冒険者か。蒼白だった顔が一気に立て直したな。余計な心配だったたか。

索敵を確認する。小物のゴブリンどもはこちらに向かってきているが、大きな赤い点は止まった。

「ジェネラルは後尾に留まったようだ。できれば奴も一緒に罠にかかってほしかったが……」

「遠距離攻撃で前衛を削ぎます。半分削げば、リーダー格のジェネラルも動くと予想します」

「ジェネラルの件をどう他の人に伝えるのかは任せる。ある程度削いだら……逃げろ」

カイラが全員に状況を説明、村人もだが冒険者も武器を持つ手が震えているのが分かる。

「メアリー、俺の仕掛けた罠が無事作動した後は何があっても逃げてくれ」

「リツさんは？」

「俺も馬鹿じゃない。ちゃんと逃げる予定だ」

　ゴブリンジェネラルの強さは知らないが、少し前に戦ったリーダーであのザマだ。真正面から対抗なんぞやる予定はない。

　カイラが狩人に、遠方から弓攻撃で落とし穴に誘導するように指示を出す。村人の中には、緊張で動けない者がいる。声をかけるが聞こえてないようだ。何度か声をかけても反応がなかったので、潰した胡椒を顔に投げつける。

「ゴホッゴホッ。おい！　何すんだ！」

「戻ってきたか？　放心してる暇なんぞないぞ」

「あ、ああ。ゴホッ。すまん」

　地面からゴブリンの移動している振動が伝わる。索敵を確認する。

「すぐそこだ。肉眼でも見える位置まで来てるぞ」

　振動が止み、暗闇から無数に光る黄色い目が見えた。こちらに気づいて動きを止めたか。指揮官が指示を出しているのか？　個々の知能は人以下だろうが、頭が空っぽってわけでもない。

「メアリー、目印はまだ見えているか？」

「大丈夫よ」

　ゴブリンの目は黄色いが、ミミックキャットの目玉の目印は青白く目立つので助かる。

「左右両方から攻撃！　前方の落とし穴へ誘導！」

カイラの声とともに矢の攻撃が放たれる。

左右から飛ぶ矢で前衛のゴブリンは中心に集まり、後ろから味方に押され、村人の掘った落とし穴へと落ちた。穴の底に設置した杭に刺さると、ゴブリンの悲鳴が暗闇に響く。

順調にゴブリンを撃退しているように見えるが、穴に落ちて削げたのは十匹程度だ。罠に誘導されていると気づいたゴブリンは、早々に隊列から抜けた。個々にも知能の差があるのか？

隊列から抜けたゴブリンが、こちらに向かってくる。

「『水球《ウォーターボール》』」

カイラの魔法の水球がゴブリンを貫く。カイラは水魔法のスキルがあるのか。冒険者の多くがレアスキルを保有しているという話だが、事前に詳しく作戦など練る時間はなかった。

索敵に映るゴブリンが後退し始めたと思ったら、凄まじい雄叫びが森に響く。ピリピリして耳が痛《い》てぇ。ゴブリンジェネラルの声なのか？　隣にいるメアリーが、カチカチと恐怖でシバリングを起こしているのが分かる。メアリーの震えている手を握り落ち着かせる。

「火魔法、まだ撃てるか？」

「う、撃てるわ」

索敵の大きな赤い点が前進し始め、前方にいたゴブリンたちが後ろから蹴り上げられ、宙に飛ぶ。

暗闇の中でも大きな影が動くのが肉眼で見える。鑑定をする。

は？　文字化けしてるのか？　おい！　重要な場所で文字化けなんかすんなよ！　状態の異常は初めての表示だ。レベル1も明らかに違うだろ。

「リツさん、罠の近くに来てるわよ」

メアリーに袖口を引っ張られる。鑑定のことはひとまず放置だ。クソッ。

「メアリー、配置についてくれ。すぐに風を出す。タイミングはいいか？」

「ええ」

メアリーが、カイラのいる、魔法を放ちやすい場所へ移動する。隣にいた村人が塹壕からちょこちょこ顔を出しゴブリンジェネラルを見る。もうすぐ罠を発動するが大丈夫か？

「おい！　顔を出すなって！」

「あ、ああ」

村人は顔を出すのをやめたが、マジで頼むぜ。すまんが、これ以上気にしている暇はない。

「ステータスオープン」

［ヤシロ　リツ］　21歳　上位人族

ＬＶ：　17

ＨＰ：　60（＋50）

ＭＰ：　70

ATK：30（＋50）
DEF：20（＋50）
LUK：16

　MPは70か。最初に放つ予定の突風のMPを引けば、旋風は十二回分ある。準備していた大量の粉砂糖、それから大量の小麦粉をアイテムボックスから出し、怒鳴り声で全員に屈《かが》むよう叫ぶ。

「いくぞ！　全員、伏せろ！」

　罠を作動させるべく突風を放ち、それから大量の粉砂糖と小麦粉を混ぜた旋風を十二回、ゴブリンジェネラルの方向へ放つ。

「『突風』——『旋風』『旋風』『旋風』——』」

　初めてこれほど連続して魔法を放ったが、旋風のいくつかは融合、闇の中を大きく蠢《うごめ》いた。つむじ風というより、あれは竜巻《たつまき》だな。小麦粉や粉砂糖が散乱する。

　数カ所に仕掛けていたパチンコ玉の入った箱を、突風が順次直撃していくのが聞こえる。

　メアリーには、ミミックキャットの目が付いている最後のパチンコ玉の箱が舞ったら、火魔法を放つようにと頼んである。

　注視していると、最後の破壊された箱からパチンコ玉が四方に飛び、ミミックキャットの目の光に当たって、キラキラと光った。そうして後ろから送った旋風に巻き込まれ、ゴブリンの中心へと向かっていく。

俺の役割はここまでだ。塹壕に身を潜め、その時を待つ。

「『火球《ファイアーボール》』」

微かにメアリーの詠唱が聞こえたが、風の音でかき消される。次の瞬間、大きな爆発音が身体に響く。キーンとした耳鳴りで頭が痛《い》てぇ。

粉塵《ふんじん》爆発で一瞬だけ頭上から熱を感じた。爆発音のすぐ後に、周辺の木々や岩に爆発の勢いで飛び散った無数のパチンコ玉が当たる音が耳に響いた。時間を置かずに機械音声が頭に響く。


**(レベルが1上がりました)**

**(レベルが1上がりました)**

**(レベルが1上がりました)**


上手くいったな。これって俺が討伐したことになるのか？　調味料や突風は使ったが、爆発自体はメアリーの火魔法のおかげなのだが……。

どれほどゴブリンを削げたか索敵で確認をする。四十四近くいたゴブリンの赤い点の大部分は消え、ほぼ全滅している。数匹は、死にかけか赤い点が点滅している。

だが……大きい赤い点は、はっきり索敵に映っている。少し距離があったが、攻撃は当たっているはずだ。

「クソッ。あれくらいじゃ死なないか」

まだ耳鳴りがする。おかげで周りの声も音も聞こえない。耳に手を当て唱える。

「『治療』」

だいぶ楽になったと安心していると、カイラにガッと胸ぐらを掴まれる。

「リツ、あんな爆発！　ジェネラル、やったの？　耳が！」

パニクってるな。カイラの耳を治療する。

「落ち着け！　声を下げろ。ジェネラルはまだ生きている。メアリーはどこだ？　無事か？」

「あの爆発でも殺せなかったなんて……」

「おい！　メアリーは？」

「無事です」

再びゴブリンジェネラルの雄叫びが森に響く。ここに全員でいても、もう意味がない。

「カイラ、メアリーと村人を連れて逃げろ。今すぐだ。バラバラに逃げろ」

「でも──」

「邪魔だ！　早く行け！」

俺の強圧的な声に驚きながらも、カイラは撤退の号令をかける。村人がバラバラに逃げ始める中、カイラは自分も残ると食い下がった。冒険者の一人がカイラの肩に手をかけ諭《さと》す。

「カイラ、そいつの言う通りだ。村に知らせに行くのもちゃんとしたお前の役目だ。時間がない。俺たちも足止めしたら、村に向かう」

「……分かりました」

カイラは納得いかないって顔だが、理解はしたようだ。俺は耳を押さえながら、合流したメアリーの耳を治療する。鑑定するとメアリーのレベルも三つ上がっていた。

「耳を治したぞ。聞こえるか？」

「ええ。さっきの振動……ゴブリンジェネラルがまだ生きてるのね？」

「ああ。メアリーは、今すぐカイラと逃げてくれ」

メアリーには、俺も一緒に逃げるよう言われたが、断る。全員が生きて脱出することは、ほぼ無理だ。半分が生き残れるかも分からない。別に俺も死ぬつもりはない。ヒーロー願望もない。ただ、この中でゴブリンジェネラルの足止めを少しでもできる適任者なだけだ。

メアリーの不満顔がジョスリンにそっくりで思わず笑ってしまう。

「こんな時に何を笑っているの！」

「悪い。怒った顔もジョスリンそっくりでな、つい。二人とも時間だ。カイラ、頼んだぞ」

カイラにメアリーを任せると、すでに逃げ始めていた村人がバラバラの方向に走り、村方面に向かっていった。


残ったのは、俺と数人の冒険者だけだ。

「あんたらも逃げてよかったんだぜ」

「馬鹿言うなよ。リツだったか？　冒険者じゃないお前が残っているのに、俺たちが逃げ出すわけねぇだろ。カイラは、まだ若くこれからもっと強くなれる。俺は中年の中堅以下の冒険者だからな。

最後くらい綺麗に散るさ」

「そうか。お互い、少しでもあいつを足止めできるといいな」

作戦など立てる暇はなく、ゴブリンジェネラルが逃げた村人に向けて歩き出すのが見えた。残った冒険者が、即座にゴブリンジェネラルに攻撃を開始する。

「ステータスオープン」

［ヤシロ　リツ］　21歳　上位人族
LV：　20
HP：　60（＋50）
MP：　100
ATK：　30（＋50）
DEF：　20（＋50）
LUK：　16

30ポイントを全てMPに突っ込む。奴の力量が分からない限り、近距離戦は避けたい。

辺りが徐々に明るくなってくる。日の出だ。状況を確認しようと塹壕から顔を出したら、少し前に話していた中年の冒険者が吹っ飛んできた。

「おい！　大丈夫か！」

飛んできた地面に横たわる中年冒険者を引きずり落とし、塹壕の安全な位置まで連れていく。血が付いているが外傷は確認できない。鑑定にも怪我しているとは出ない。

「おい！　起きろ！」

右頬を叩くが反応はない。ダメだ、完全に気を失っている。念のため治療をかけるが、反応はなく気を失ったままだ。

再び塹壕から顔を覗かせると、辺りが明るくなったおかげでゴブリンジェネラルの姿を肉眼でも捉えることができる。大きさは暗闇でも見えていたシルエット通りなのだが――。

「なんだ、あの顔と身体は。気持ち悪いな」

奴の身体には布一枚なく、全てが露《あら》わになっている。身体や顔は黒く爛れ、手には大剣を握りしめている。改めて鑑定したが結果は以前と同じ、文字化けだ。奴の足元には、足止めに向かっていったはずの冒険者の一人が転がっていた。鑑定したが、すでにこと切れていた。

遠距離から矢や魔法が飛ぶが、ゴブリンジェネラルは気にせず転がっていた冒険者を貪《むさぼ》り食う。その異常な光景に息を呑む。静かな森の沈黙を、ゴブリンジェネラルの咀嚼音と血を啜《すす》る音が破る。

人が食われる光景なんぞ見ていても気分が悪いだけだ。クソが！

「『旋風』『ハバネロパウダー』」

タイミングよく風魔法のレベルが上がる。ハバネロパウダー入りの旋風が、ゴブリンジェネラルを直撃、奴がもがきながら顔を掻く。

「おお。これには人並みに苦しむのだな」

ハバネロパウダーに悶絶《もんぜつ》しながら、ゴブリンジェネラルが雄叫びを上げる。

苛立ちを隠さず八方に剣を振り回し始めたので、他にいた二人の冒険者も近づかずに距離を取る。

その隙に新しい風魔法を確認する。


**【風魔法Lv4】**

**そよ風／MP1**
**旋風／MP5**
**突風／MP10**
**刃風《じんぷう》／MP10**

刃風？　これ、ついにちゃんと攻撃できる魔法なんじゃねぇか？　ウインドカッターのようなものを期待して、未だ剣を振り回すゴブリンジェネラルに向けて唱える。

「『刃風』」

MPも減り、指先から風は出た感覚はあったが、何も起こらない。

どういうことかと考えていたら、剣を振り回していたゴブリンジェネラルの背中が斜め下から斬られたかのように抉れた。すげぇ、って喜んでる場合じゃねぇ。

瞳孔《どうこう》の開いた目で俺を睨み、雄叫びを上げながら猛スピードでこっちへ向かってきたゴブリンジェネラルに、再び刃風を食らわせる。

刃風は胸板を直撃。こちらへ向かうスピードが落ちたので、塹壕から飛び出し唱える。

「『旋風』『ハバネロパウダー』」

ゴブリンジェネラルに直撃。奴の視界を奪っている間に、すぐに追加の攻撃を唱える。

「『刃風』『刃風』」

刃風がゴブリンジェネラルの胸元をバツ印に斬りつけ、背後に血しぶきが飛ぶ。ＭＰはあと50だ。

さっきはハバネロパウダーを焦って唱えてしまったが、まだアイテムボックスに予備があったな。スマートに行動ができない。戦闘経験のなさのせいだ。

塹壕から出て瞬時に木の上に登った冒険者とは違い、俺は判断が鈍い。全てが初めての経験なのだ。それを言い訳にするつもりはないが、手汗と冷や汗が酷い。奴へのダメージが期待以上だったハバネロパウダーの活躍で助かっているだけだな。

ハバネロパウダーで苦しむゴブリンジェネラルに、追加のハバネロパウダーを投げつける。

「グギャアアアアア」

ハバネロパウダーが刃風で付けた傷口から入り、ゴブリンジェネラルが悲鳴を上げる。

近くで見る奴の身体には、パチンコ玉の攻撃を受けただろう傷から白い煙が上がっていた。周りの転がっているゴブリンたちからも白い煙が上がっている。これがアビーの毒効果だろうか。この煙、俺たちが吸っても大丈夫なのか？

膝を突いて苦しんでいるゴブリンジェネラルを、好機とばかりに大剣で斬りつける。

いけると思ったが、目が見えていないはずの奴の大剣に防がれ、甲高い金属のぶつかり合う音が森に響く。

奴は目を閉じたままだ。感覚で受け止めたのか？　舌打ちをする。

「化け物め！」

俺の大剣を、ゴブリンジェネラルが素手で握る。黒い爛れが、手や腕に広がっている。毒のパチンコ玉の影響かと思ったが、パチンコ玉の外傷とは異なる。爛れというより皮膚が引っ張られ、中の黒い肉が漏れ出ているかのように見える。

ゴブリンジェネラルの手にグッと力が入る。コイツ、剣を素手で折ろうとしてるのか？

そこへ、木の上の冒険者が放った矢が連続して奴の手首を直撃する。助かった。剣から手が離れると同時に距離を取る。

ゴブリンジェネラルは唸りながら手首から矢を抜くと立ち上がり、自分の目に指を入れ目玉をほじくり出した。

は？　何をしてんだ？　理解不能なんだが。

そうしてゴブリンジェネラルは取り出した自分の目を食い始める。俺は何を見させられてんだよ。

目を食い終わると、取り出された目のあった空洞の眼窩《がんか》に、新たに血走った真っ赤な目が生えてくる。その真っ赤な目でこちらを睨み、ゆっくり口角を上げる。

「おいおい。おい！　なんだよそれ！　ズルくないか？」

コイツ、自分を食って再生すんのか？　ハバネロパウダーにやられた目を早々に諦め、食ったってことか？　本物の化け物だな。

「あ、おい！」

ゴブリンジェネラルが、木の上にいた冒険者に向け大剣を投げる。一瞬のことで避けられるはずもなく、大剣が冒険者を貫いた。木の上から落下した冒険者を鑑定したが、即死だった。クソッ。落ちた冒険者に視線を移した一瞬で、それまで目の前にいたゴブリンジェネラルを見失う。索敵を急いで確認すると真横に――。

「グファ」

一瞬で真横に詰められ、横腹を殴られた。その衝撃で数メートル飛び、木にぶつかり血を吐く。

「痛《い》てぇ……」

衝撃から立ち直る間もなく、再び同じ位置をゴブリンジェネラルに殴られる。宙を舞い、傾斜を転がり落ちる俺。

転がる途中で、運良く岩にぶつかり停止する。二回目に殴られた衝撃が今さら波のように全身を駆け巡ってくる。

「かはっ」

なんだこれ、息ができねぇ。喘《あえ》ぎ、空気をかき集めるように吸う。エレベーターでの死の直前の苦痛の記憶が脳裏をチラつき恐怖が増す。

「『治療』『治療』『治療』」

治療のおかげで、まだ苦しいながらも息ができる。立たなければ……。

立ち上がり辺りを見渡すがいない。奴はどこだ？　索敵をかける。いた。いたが……。

「なんで、こんなに遠くにいやがる」

違う。俺が遠くに転がり落ちたのか。索敵には、他の冒険者の白い点がまだ映っている。

上を見上げると、土が乱れ落ちてきた。滴り落ちる額の汗と思ったものを手で拭うと、手の甲が血だらけになった。怪我した頭も治療する。

「ステータスオープン」

【ヤシロ リツ】 21歳 上位人族
LV：20
HP：40／60（＋50）
MP：53／100
ATK：30（＋50）
DEF：20（＋50）
LUK：16

MPは少しずつ回復、だが今の攻撃でHP20も削がれたのか？　いや、治療で治したからもっといってたか？　強敵すぎる。太刀打ちできない。

「いや、まだ、足止めはできるはずだ」

気持ちとは裏腹に足は竦《すく》むが、そう自分を説得する。逃げることも頭を過《よぎ》るが……。

「まだだ。まだ早い」

メアリーたちが逃げるのに十分な時間が稼げていない。それに、まだ白い点は三つある。一つは、全く動いていないので、あの気絶している冒険者のものだろう。傾斜から這い上がる途中、白い点が一つ消える。もう一つは、転々と動いている。

急いで先ほどまでいた場所に戻り、ゴブリンジェネラルを肉眼で捉える。木の上を転々と移動している冒険者の足場を、ゴブリンジェネラルが殴りながら破壊している。奴の動きが先ほどより荒い。冒険者の逃げ場がなくなる前にこっちに気を逸らさせる。

「おい！　クソ野郎！」

俺の声が聞こえないのか？　それとも雑魚《ざこ》だと無視しているのか？　ゴブリンジェネラルは俺のほうを振り返ることもなく、ただひたすら冒険者が移動する木を殴り倒し続けている。

ある程度距離を縮めても、こちらを警戒していない。本当に気づいていないのか？　奴の身体の爛れは先ほどよりも酷くなり、全身に水ぶくれのような症状も見える。

大剣にハバネロパウダーを付け、ゴブリンジェネラルを後ろから刺す。想像以上に簡単に剣先が奴の身体を貫いた。

「グギャアアアアア」

剣が刺さって、ようやく俺に気づいたようだ。刺される寸前まで俺の存在に気づかないのは何かがおかしい。左右に暴れ始めたゴブリンジェネラルから剣を抜こうとして止まる。

「あれ？　クソッ」

剣が抜けない。掴まれそうになったので、剣を奴に刺したまま手を離し、距離を取る。

ゴブリンジェネラルが背中に剣を刺したまま俺に向かって走り出す。速い。速いが、先ほどより遅い。地面に転がり攻撃を避けると、奴の拳が後ろの木にのめり込む音が聞こえた。

「『刃風』『刃風』」

風の刃が奴の上腕にヒット。ズルリと左腕が地面に落ち、黒い血しぶきが飛ぶ。奴がまた腕を食い再生する前に魔法を放つ。

「『旋風』『ファイア』」

放った火炎旋風に落ちていた左腕は巻き込まれ燃え上がり、肉の焦げた異臭が辺りに漂う。

正気を失ったような血走った目をしているゴブリンジェネラルと視線が合う。一気に詰め寄られ、残った右手で地面に叩きつけられて上から乗られる。

動けねぇ。なんて重さなんだよ！

唯一動ける右手で、近づいてきた奴の顔面を連打で殴る。殴っても奴の押さえつけが弛《ゆる》まない。

だが殴った衝撃で、剥がれた奴の黒い肉片がポタポタと顔に落ちてくる。鼻が落ち、皮膚が剥がれ落ち……それはまるで内から崩壊しているようだった。このままいけるか？

何か殴る物が欲しいが、武器がない。ゴブリンから集めた棍棒や剣は全てパチンコ玉用にキモイに吸収させていた。殴れる武器になりそうな物は——あれしかない。

「『鰹節』」

右手に取った鰹節でゴブリンジェネラルの顔を無心に殴る。殴るたびに、中の黒い肉が露わになる。奴の押さえつけていた手が一瞬弛んだ隙に鰹節を顔面に刺す。

鰹節が刺さったままもがきながら地面に倒れた奴に、俺は覆い被さり唱える。

「『鰹節』『鰹節』」

回復してくれたおかげでギリギリ足りたMPで出した鰹節を両手に取り、奴の顔面を交互に殴り続ける。肉片や返り血があちこちにかかっても構わず殴り続ける。

「死ね、死ね、死ね、死ねよ、クソがっ！」

ゴブリンジェネラルの動きが鈍くなると顔面を殴るのをやめ、首に鰹節を刺す。交互に何度も何度も刺すと胴体から首が取れ、機械音が頭に響いた。


(レベルが1上がりました)

(レベルが1上がりました)

(レベルが1上がりました)

(レベルが1上がりました)


終わったのか？　上がる息を抑え、残ったゴブリンジェネラルの鑑定をする。まだ文字化け表示だが死骸と出ている。勝ったのか？　やった……。

息荒く、ゴブリンジェネラルの死骸の横に上向きで倒れ、胸を押さえる。

「はぁはぁ。痛《い》てぇ。これぜってぇ肋骨《ろっこつ》折れてるだろ」

目に入った木漏れ日が眩しく、右手を上げながら目を細める。持っていた鰹節から黒い血が滴り落ちる寸前、その血が空中で止まったのが横目で見えた。

「今度は……なんだ？」

先ほどまで聞こえていた風の音がしない。隣で横たわるゴブリンジェネラルから流れていた血も中途半端に止まっている。時間が止まっている……索敵を展開するが無反応だった。

ゆっくりぱちぱちと拍手する音が静かな森に響き渡る。

『本当に倒したんだね。羽虫のくせに目障り』

木陰から出てきたのはベッドの側に現れたいつかの子供、存在Aだ。ため息をつき、尋ねる。

「お前の仕業か？」

『せっかく準備したのに台無しだ。コイツ、不完全すぎ。成長を早めてあげたのに、ほんとゴミ』

存在Aがゴブリンジェネラルを踏みつけながら言う。こいつがゴブリンに何かしらの力を加え、壊れかけの怪物にしたのか？　ケラケラと笑う姿が胸糞悪い。まだ整えきれていない息を押しきり反論する。

「ゴミはお前だろ」

『羽虫、僕らへの言葉使いは気をつけろ。君の好きな村人たちがどうなってもいいの？』

「どういう意味だ？」

『そのままの意味だよ』

ニヤつきながらいつの間にか木の上に移り、座りながら指遊びをする存在Aを睨みつける。

「お前、俺のことは放っておくんじゃなかったのか？」

『そんなこと言ったかな？　精々底辺《せいぜい》を這いながら、羽虫より長生きできるといいねって言っただけだよ』

またコイツの言葉遊びか。生かしてあげるとか言いつつ、最初から殺しにかかるような嫌がらせをするつもりだったのだろう。時間が完全に止まったのかと思ったが、これは時間がゆっくり流れているのか？　滴っていた血が空中でゆっくりと進んでいる。どんな原理だ？

『あはは、羽虫は馬鹿だねぇ』

木の上で足をプラプラさせながら小馬鹿にしてくる存在Aにイラつきを覚える。

「羽虫に構う必要ないだろ」

『羽虫は羽虫でも……目の前で邪魔くさく飛んでいたら、誰だって殺したくなるでしょ？』

「お前、何がしたいんだよ？」

『これは、ゲームだよ。羽虫は駒《こま》なんだ』

ゲームだと？　そんなことのために命を落とした人はなんだったんだよ。ふざけんな。

「お前の駒なんかじゃねぇ」

『当たり前のこと言わないでよ。羽虫なんかが、僕らの駒にはならないよ』

「じゃあ、俺は誰の駒なんだ？」

『誰のだろう？　知らないや』

こいつに質問しても無駄だな。存在Aが鼻歌を歌いながら嬉しそうに言葉を続ける。

『準備ができたみたいだよ』

「なんの準備だ？」

『駒を進める準備だよ』

「何を言ってやがる？」

存在Aの横には、いつどこから現れたか分からない白髪の女の子が立っていた。

『紹介するね。これが僕らの駒のカンナちゃんだよ。ほら、カンナちゃん、挨拶して』

ぎこちなくカクカクに動きながらワンピースの端を握り、絞り出すような声で挨拶するカンナちゃんと呼ばれた少女。

「カンナ……で……す」

それだけ言うと、元の体勢に戻った。明らかに無理やり言わされている様子だ。

「その子は誰だ？」

『羽虫、誰だと思う？』

存在Aが口角を目尻まで上げながら笑う。前も見た不気味なその表情だが、気味が悪いので目を逸らす。少女にもう一度視線を移す。存在Aとの接点がある人物は、一人しかいない。

「……エレベーターの女子大生か？」

『良くできました。正解だよ』

存在Aがパチパチと馬鹿にするように手を叩く。隣に立つ無表情な少女は、どう見ても十歳前後であのエレベーターにいた女子大生の面影はない。髪だけではなく、まつ毛や眉毛も白い。唯一、色のある黒目が際立つ顔立ちだ。俺の顔や身体も変わったから、容姿が全くの別人になることはあり得るだろうが……人形のように表情を全く変えないのは異常だ。

「その子に何をしたんだ？」

『羽虫の質問にもっと答えてあげたいのは山々だけど、時間だよ』

「だから、なんの時間だよ！」

『羽虫が、這う姿――』

途中まで言い残し、存在Aと少女は消えていった。

「最後まで言っていきやがれよ、クソが！」

二人が消えると、辺りの時間は元に戻ったので、索敵を展開してギョッとする。

索敵には、村に向かう百体以上の赤い点が映っていた。この動き、ゴブリンのものだが、通常のゴブリンよりも点が大きい。準備ってこれのことか？　あの野郎！

ゴブリンジェネラルと大剣を回収、すぐに村に向かって走り出す。間に合ってくれ。

◆　◆　◆

全速力で森を駆ける。後ろには、俺について来る白い点が一つ見える。木の上の冒険者が追いかけてきているようだ。走りながらステータスを確認する。

「ステータスオープン」

［ヤシロ　リツ］　21歳　上位人族
ＬＶ：　25
ＨＰ：　68／75（＋50）
ＭＰ：　130
ＡＴＫ：　30（＋50）
ＤＥＦ：　20（＋50）
ＬＵＫ：　21

さっきのレベルアップで手に入れた50ポイントは、ＨＰ、ＭＰ、それからＬＵＫに入れた。この状況、運は重要だろ？　ＭＰ、さっきの戦いではギリギリだった。最後の鯉節を出した時に吐き気がしたのも、ＭＰの使用過多を知らせる生理現象だろう。ＨＰは全回復したものの、少しずつ削れている。脇腹の痛みは減ったがまだ痛い。

「『治療』『治療』」

痛みが少し緩和してＨＰの減りが止まる。この身体になって、体力に持久力、瞬発力、何もかも上がったはずなのに、村までの距離が長く遠く感じる。

百体近くの集団で進むゴブリンの後方が肉眼に映る。どれも通常のゴブリンの五割増しの大きさはある。ジェネラルと同じで、皮膚が黒く爛れている。存在Ａの仕業なのは明らかだ。

ゴブリンの先頭の先には、村の壁上の見張り塔が見える。このままだと間に合わない！　間に合わないなら後方だけでも吹っ飛ばそうと魔法を唱えようとしたら、大きな爆発音とともに前方のゴブリンが飛ばされ降ってくる。誰の魔法だ？

ジェネラルから抜き取った大剣をアイテムボックスから出す。爆発で地面に投げつけられたゴブリンどもの胸を、大剣で一匹一匹を順次刺していく。

（レベルが1上がりました）

村の方から、数十人の騎士がゴブリンを殲滅しながら来るのが見えた。強化されたゴブリンをものともしない。索敵で見ても全員白い点なので敵ではないだろう。先頭の騎士を鑑定する。

【エドワード・ガウナー（33）】　良好　75

レベル75は今まで見た奴で一番強い。ざっと鑑定したが、他の騎士もレベルは30～60と高めだ。後ろから来ていた冒険者も息を上げながら追いついてきた。

「なんつー速さで走んだよ。あれは、領主の蒼旗《せいき》だな。援軍が間に合ったか……助かった」

「あれが領主の騎士なのか？」

「ああ。辺境伯の蒼騎士隊だ」

冒険者と話している間に、再び爆発音が鳴り響く。今度ははっきりと火魔法を放った騎士が見えたので鑑定をする。

【マリエラ・ガウナー（23）】　良好　30

名前からして女騎士か。防具を着けているので男女の違いが分からなかったが、確かに小柄だ。

冒険者に肩を掴まれると、火の魔法が近くに飛んできた。

「おい！　ここにいたら巻き込まれるぞ！」

クリーンをする暇もなかったので、自分の今の姿は黒色の血まみれになっている。この距離、騎士たちから見たらゴブリンと区別がつかないだろう。急いで冒険者とともに戦場から退散する。

走りながら騎士たちのほうを振り返る。ゴブリンの数が随分削がれている。これなら俺たちは別にいらないだろう。存在Aご自慢の壊れたゴブリンも大したことなかったな。

「おい！　村はそっちじゃないぞ。どこ行くんだ？」

追いかけてきたこの冒険者、鑑定にはデニスと名前が出ている。三十一歳、レベル33の冒険者だ。

「怪我人を拾いに戻る」

「生き残りがいるのか？　俺はてっきり俺たち以外全員死んだかと……」

「一人だけだがな」

「誰なんだ？」

「フレッドとかいう名前のおっさんだ」

その名前を聞いたデニスが嬉しそうな顔を見せる。仲が良い奴なのかもしれない。すると——。

「アンデッド化したぞ！　後退しろ！」

後ろから焦ったような騎士の号令がする。

「どうなってる？」

先ほど、俺が剣を突き刺し倒したゴブリンが立ち上がり歩き出す。鑑定をする。


【繧ｴ繝悶Μ繝ｳ繧「繝ｳ繝?ャ繝（-）】　死骸——


また文字化けしているが、死骸と出ている。アンデッドゴブリンなのか？　あのクソ野郎、存在Aのニヤついた顔が頭に浮かぶ。

準備とはこのことか。本当に碌《ろく》でもない奴だな、あいつ。

索敵で確認すると、アンデッドゴブリンは中心の白い赤い点で表示されている。初めて見る表示だ。デニスが隣で驚きながら言う。

「おいおい。ゴブリンのアンデッドなんて見たことねぇぞ」

「アンデッドを知っているのか？」

「ああ。だが通常はもっと強い個体がなるもんだ」

「倒し方はなんだ？」

動かなくなるまで八つ裂きにする、と答えが返ってくる。そりゃそうだろうが……。

後退の号令が轟《とどろ》くと、前方で戦ってた騎士が一旦引いていく。後退する騎士に襲いかかり噛みつくアンデッドゴブリンは通常のより凶暴だ。こちらにも向かってきたので魔法を唱える。

「『旋風』『ファイア』」

火災旋風に巻き込まれながらも、構わず進んでくる黒焦げのゴブリンどもの脚を狙い、剣で斬り落とした。が、断脚してても這いながら向かってきやがる。若干放心状態のデニスを突き、尋ねる。

「おい！　こいつらは、毒も効かない感じか？」

「もう身体は死んでいるからな」

「面倒だな」

這っていた黒焦げのアンデッドゴブリンを断頭する。断頭した首からは、カチカチと歯の鳴る音がして胴体はまだこちらに向かってきた。

「まだ動くのか！」

次に胴体を半分に切断する。これならもう動けないだろうと思ったが……。

「気持ち悪いな。まだ動いてやがる」

アンデッドゴブリンの頭を剣で潰すとやっと静かになった。これはまずい。騎士たちが後退したことで、こちらにゴブリンが集中し始めている。デニスと二人で相手するには、数が多すぎる。索敵に、騎士たちを避け村に向かうアンデッドゴブリンの点が映る。

「デニス！　数匹、回り道して村のシェルター付近に向かっているぞ！　ここは俺が相手するから、騎士に知らせろ」

「本当に一人で大丈夫か？」

「早く行けって！」

デニスが急いで駆け、騎士のもとに向かう。デニスを追いかけるアンデッドゴブリンに向け魔法を唱える。

「『旋風』『ファイア』、『旋風』『ファイア』」

黒焦げになりながらも動くアンデッドゴブリンの頭を一匹ずつ潰していく。十数匹潰したところで気づいたが、レベルが上がらない。

「存在A、マジで性格悪いな！　ゲス野郎が！」

それから何度も焦げたアンデッドゴブリンの頭に突き刺した剣を抜く。これで何匹目だ？　辺りに蠢《うごめ》く黒焦げのアンデッドゴブリンに舌打ちをする。

「面倒だな」

一気に全て始末できないのだろうかと考えていたら、村のほうから再び爆発音が聞こえた。騎士たちの攻撃の再開だが、そのせいでこちらに集中していたアンデッドゴブリンが音の鳴るほうへと分散していく。周りに残ったアンデッドゴブリンを次々と殲滅、村に向かう奴らを追う。

途中、先ほど鑑定した先頭に立つ騎士のエドワード・ガウナーが俺に気づいたようだ。少し距離はあるが、こちらを凝視しているのが分かる。今はとにかく村へと向かおうと駆け出したらいつもとは違う機械音声が頭の中で流れた。

(個体名キモイのレベルが1上がりました)
(個体名キモイのレベルが1上がりました)

は？　初めて聞くアナウンスにしばらく思考が停止する。

「ステータスオープン」

[ヤシロ　リツ]　21歳　上位人族
LV：　26
HP：　75（＋50）
MP：　121／130
ATK：　40（＋50）
DEF：　20（＋50）
LUK：　21

レベルが上がりMPの回復も早くなっているな。この短時間でMPは6も回復している。

レベルが上がった10ポイント分はATKに入れる。剣を振るう力が少しだけ上がれば、アンデッドゴブリンを突くのが先ほどよりも楽になるはず。ステータスを確認するが、以前調べた時と同様にキモイのことなど書いていない。

「ん？　待てよ。なんだこれ？」

画面右下に、小さな【>>】の表示がある。これ、今までもずっとあったのか？　表示を触るとページが移動した。不親切どころじゃねぇな。分かりづらすぎて悪意すら感じるシステムだ。

次のページには【テイム】と【お知らせ】が並んでいたので【テイム】から確認する。

**【テイム】―【上級水属性スライム】―【キモイ（1）】―【レベル2】―【表示】**

キモイは、テイム扱いか。テイムなんぞを俺の意思でした覚えはないがな。上級水属性スライムというのも気になる。

【レベル2】を押すが何も出てこない。

【表示】を押すと、大きなマップが頭に浮かんだ。これは、ここ一帯の地図か？　これは使えそうだな。村の一角に四角い黄色い表示が映る。シェルターの場所だ。黄色い表示がキモイか。

レベルが上がったということは、キモイが何かを倒したのか？　シェルターで何が起こってんだ？

**〈個体名キモイのレベルが1上がりました〉**

これは、ヤバいな。確実にシェルターを何かが襲ってる。存在Aの言葉が頭を過《よぎ》る。

『君の好きな村人たちがどうなってもいいの？』

存在Aが工作したゴブリンも相当数やられ、腹いせに何かした可能性……あの性格の悪さなら十分にありえるな。

「『突風』『突風』」

迫りくるアンデッドゴブリンを吹き飛ばし、急いでキモイたちのいるシェルターへ向かって駆ける。

◆　◆　◆

村の入り口では、騎士たちとアンデッドゴブリンがまだ戦っている最中だった。入り口付近に設置した杭も活躍できたようで、しっかり奴らの侵攻の邪魔になっている。

この位置からなら、索敵で村の中まで映るはず。索敵を展開する。シェルターの近くには、数匹の白い中心の赤い点がすでに到着、数人の白い点と戦闘中のようだ。

アンデッドゴブリンが向かった回り道を進むと、黒く汚れた壁の一角に頭の割れたアンデッドゴブリンを発見する。

「クソどもが、壁に穴を開けたのか？」

脆い場所をピンポイントに開けた壁の穴には、体当たりでもしたのか、奴らが這いずった黒緑の血痕が残っている。穴は、俺が通れる大きさではないが、脆くなっているので崩せそうだ。

「『突風』」

突風で壁をさらにこじ開け村の中に入る。シェルターの前では、デニスと騎士の数人が戦闘中だった。索敵を見ると、地下のシェルターには、たくさんの白い点とキモイの表示がある。まだ全員生きているようだ。安堵の息を吐き、アンデッドゴブリンを斬りつけ加勢する。

「これで、最後か」

最後の一匹の地面に落ちた頭を剣で刺すと、デニスが剣を振りながらこっちにやって来た。

「おーい！　無事だったか！　あっちは終わったのか？」

「入り口で騎士とゴブリンどもがまだ戦っていたが、殲滅は時間の問題だろ」

「冒険者か？　援護感謝する」

デニスの後ろにいた騎士の男が胸に手を当てながら、礼をする。一応鑑定をする。


【パトリック・ソール（23）】　軽傷　27

「その腕、怪我をしているのか？」

「本当だな。気がつかなかった」

肘辺りの防具にゴブリンの歯形がついている。防具の隙間から噛まれたのか？　騎士が腕の防具を脱ぐと、ゴブリンの犬歯のような鋭い歯が腕に刺さって折れていた。

騎士が、何でもないように腕から歯を抜き取り地面に投げ捨て、問題ないと傷口を隠した。いや、これ、ぜってぇ痛いだろ。無理に騎士の腕を引っ張り、治療をかける。

「大体は塞がったぞ」

「治癒スキルか？」

「違う。小さな傷が治せる程度のスキルだ」

「そうか、改めて感謝する。私は、蒼騎士隊のパトリックと言う」

「リツだ。それよりも、シェルターだ」


シェルターの扉を覆った邪魔な物を取り除き、扉を開ける。すると中からはムワッと生臭い、なんともいえない悪臭が漂った。

「なんだ、この臭《にお》いは？　おい！　みんな、無事か！」

奥の部屋で俺の声に気づいて動くのはシェルターに避難していた人たちだ。

「リツお兄ちゃん！」

ジョスリンが部屋から飛び出し、勢いよく抱きついてくる。

「ジョスリン、無事でよかった」

「戦いは終わったの？　母さんは？」

「まだだ。外はまだ安全ではない。メアリーは先に退避した。冒険者と一緒に村に向かったから、きっと大丈夫だ」

ジョスリンが不安な顔で俺を見る。索敵では、村の中にもたくさんの白い点があるが……どれがメアリーなのかまでは分からない。

「キモイはどこだ？」

「キモイちゃん、大活躍だったよ。奥でまだワームを食べているよ」

ワーム？　キモイのレベルが上がったから倒したんだろう。確かに水を噴き出せるが……あいつ、何かを倒せるような攻撃とかできたのか？

「キモイが攻撃をしたのか？」

「うん。キモイちゃんの水がワームを貫いたよ。凄かったよ」

「そうなのか……」

「お砂糖は全部キモイちゃんにあげて使っちゃったの。ごめんなさい」

預けていた空になった大瓶を取り出し、申し訳なさそうな顔をするジョスリン。

「なんで謝るんだ？　それは、キモイ用に渡していた物だ」

シェルターの部屋に入ると、避難していた人たちから次々と現在の状況を尋ねられるが、はっきりと答えることはできない。

「まだ、安全ではないので外には出ないでくれ。領主の騎士も間に合った。今はゴブリン殲滅のため戦っている」

領主の騎士と聞いて、シェルターにいた村人は歓喜の声を上げ、全員にキモイの活躍を感謝される。

「リツさん、あんたのスライムのおかげで助かったよ」

「ワームが襲ってくるなんて、あの子がいなかったら大変だったよ」

当のキモイのいる場所を確認してギョッとする。蛇《へび》のような大量の大ミミズの上で食事中だった。

あのでけぇ蛇はなんだよ。鑑定をする。


**【アンダーグラウンドワーム（-）】　死骸**

「大ミミズ……気持ち悪いな」

地面の中にいる魔物らしいが、普段は襲ってこないと隣にいた村人が首を傾げながら言う。ワームを鑑定しても文字化けはしていないが、タイミングが良すぎる。存在Aの匂いがプンプンする。

俺に気づいたキモイが、目を見開き嬉しそうに駆け寄ってくる。キモイを抱き上げると、ずっしりと重いが無事そうで良かった。

「お前、なんかサイズ変わったか？　色も濃くなったな。活躍は聞いたぞ。よく頑張ったな」

キモイを褒めながら撫でる。こいつもレベルアップしたんだったな。鑑定をする。

**【キモイ（1）】　超良好　3**

キモイが倒したワームの残りは全部で七体か。ワームをチラチラと見ながら、俺を見るキモイに笑いながら尋ねる。

「お前、これ全部食えんのか？」

キモイがビシッと触手を上げワームに登り、再び食事を開始すると声を出して笑う。

「食い意地、張りすぎだろ」

シェルターは狭く、外の騎士たちは中の避難民が安全だと聞くと、中に入ることはしなかった。

ついているな。今、このワームの死骸の状況を説明しろと言われても困る。

少ししてキモイがワームの上から下りてきて足元でダラッとする。完全に食いすぎだな。

「だから言っただろ。こんなに食えんのかって」

結局、キモイの食い切れなかったワームをアイテムボックスに入れる羽目になった。ワームは、生臭くヌルッとした感触がする。全てを片付け手についた滑りをキモイとともにクリーンする。クリーン後にキモイが足元にピタリとくっ付き、靴をツンツンと触る。この上目遣い、まさか……。

「お前……粉砂糖をねだってんのか？　ダメに決まってるだろ！」

甘い物は別腹だと訴えてくるどっかの女子のようなキモイを無視して、シェルターの出口へと向かうとジョスリンに引き止められた。

「リツお兄ちゃん！」

「ジョスリン、まだ危険だからシェルターにいてくれ。メアリーを探してくるから」

ジョスリンはすぐに理解してくれたが、キモイは足に巻きついてこのまま残ることを拒否して強く抵抗をされる。この状態、意地でもついて来る気だ。

「意地悪で言ってんじゃねぇよ。危ないからだ」

キモイがジッと俺を見上げる。その目には強い意思を感じる。これは、説得は無理そうだな。

「仕方ねぇな。分かったよ。ほら、来いよ」

キモイが頭にドスンと乗ってくる。やはり、少し重たくなったのは気のせいではないな。

大きな音が二回鳴り、シェルター内の天井から土がパラパラと落ちてくる。村人は不安そうに天井を見つめ、互いに抱き合う。あの火魔法の騎士の攻撃か？

「ジョスリン、大丈夫か？」

「何度か鳴った音だから平気だよ」

ジョスリンが爆発音を聞いても平気そうなのには驚いた。

「逞《たくま》しいな。じゃあ、後でな」

「うん……」


シェルターの外に出ると、騎士と冒険者がアンデッドゴブリンの死骸の焼却の準備をしていた。先ほどの騎士、パトリックに声をかける。

「焼くのか？」

「アンデッドは、即時、骨まで焼いて処分するのが通例だ」

パトリックが説明するに、アンデッドは時間を置くとまた目覚める可能性があるということだ。また復活されたら困る。さっさと焼却するのには賛成だ。

今いる位置が村の端のため、索敵はギリギリ入り口が映る程度だ。索敵には、アンデッドゴブリンは見えないが、白い点は東に移動している。

「他の状況は？」

「部下の報告待ちだが、さっきの爆発音は味方だ。ん？　頭のそれはスライムか？」

「ああ」

「怪態《けったい》な魔物に懐かれたな」

ほっとけよ！　俺はもうキモイに情が湧いてんだよ！　それにコイツは優秀なんだよ！　そんな口論は避けたいので、黙ってアンデッドゴブリンを運ぶ手伝いをするとデニスに声をかけられた。

「シェルターの村人は無事だったか？」

「みんな無事だ。デニスや騎士がいたおかげでな」

「いや、ゴブリンに気づいたのはあんただろ。にしてもコイツら、重てぇよな」

俺のアイテムボックスに入れたほうが早そうだが、いろいろと詮索されるのは避けたい。

「デニス、メアリーを見たか？」

「あの火魔法を使う村長の嫁さんか？　カイラと一緒に逃げたのが最後だな。だが、村長は見たぞ」

「どこでだ？」

「村の入り口を通った時に見たぞ」

「そうか。俺はこの後、二人を探しに行くが、あのフレッドとかいうおっさんを頼めるか？」

「ああ、頼まれなくても行くつもりだ」

最後の一匹を他のアンデッドゴブリンの上に重ねると、騎士の一人が青い液の入った小さなガラス瓶を割り『ファイア』と唱える。騎士から出た火が青い液に到達すると、ゴブリンの死骸の山が一気に青く燃え上がった。青い炎を背に、村の入り口へと急ぐ。

森に面している村の入り口に到着すると、村人と数人の騎士がアンデッドゴブリンの死骸を一カ所に積む作業を行っていた。こちらもある程度、片が付いたようだ。

入り口前に集まる村人の中心にカーターの姿を発見する。良かった。無事か。

「カーター！　メアリーは？」

「無事だったか？　リッさんのおかげでメアリーは無事だ。シェルターの方角から来たのか？　ジョスリンは？」

「大丈夫だ。安全のため、全員まだシェルターの中だ」

「そうか、そうか。良かった」

メアリーは、怪我をしたカイラの治療に当たっているそうだ。

「怪我は酷いのか？」

「足を斬られたようだが、ライリーのパーティーのオル爺がついているから心配するな」

メアリーとカイラは、村の入り口付近で東から向かってきた討ち漏らしたゴブリンの群れに囲まれたらしい。無事に打破するも、カイラがゴブリンに脚を斬られたそうだ。

「そうか。ライリーのパーティーもいたな」

リカルドとハバネロパウダーを思い出し鳥肌が立つ。

「それより、他の冒険者にリッさんがジェネラルを倒したと聞いたが、本当なのか？」

「ああ。死んだ。死骸も回収してきた」

ゴブリンジェネラルの死骸をアイテムボックスから出すと、緊張と安堵の双方が混ざった表情でカーターが死骸を見つめた。大きな黒い首無しの死骸には、辺りにいた騎士や村人も驚いていた。

若干放心状態のカーターの肩を叩き尋ねる。

「カーター、ライリーたちはどうなっている？」

「あ、ああ。二百匹以上のゴブリンと衝突したと聞いた。ゴブリンリーダーもいたと運ばれた怪我人が言っていた。まだ戦闘中だ。討ち漏らしたゴブリンがこっちにも何度か来たが、騎士が東に向かった今は静かだ」

カーターは騎士たちと村へ到着する直前、粉塵爆発の爆発音と燃え上がる炎を遠目に目撃して急いで村へ到着、騎士隊が援軍を西に送ろうとしてアンデッドゴブリンと衝突したという。ゴブリンジェネラルの討ち取りの一報、東から溢れるゴブリンの状況から騎士の隊長はアンデッドゴブリンを殲滅後に村の入り口に数人だけ騎士を残し東に向かったそうだ。

「ライリーのパーティーメンバーもオル爺以外は全員、東へ向かった」

「そうか」

索敵に映るのは白い点ばかりだ。怪我人を集めたであろう場所の白い点は、いくつか消えそうに薄い。

遠くから聞こえた大きな爆発音が身体に響く。壁に上がり、音の鳴った方角を確認すると、黒煙が上がっていた。追加の騎士隊、それからライリーのパーティーメンバーがいればゴブリンの残り何匹かは知らないが……そう易々とやられはしないだろう。問題は存在Aだ。アイツは自分の思い通りにならないと癇癪《かんしゃく》を起こす。壁を下り、東に向かおうとすればカーターに呼び止められる。

「リツさん！　どこへ行くのだ？」

「ライリーのところだ」

「だが――」

「カーター、大丈夫だ。無理はしないさ。死にたくないからな」

分かったと頷くカーターを置いて東に向け森を駆ける。頭に乗ったキモイに注意をする。

「キモイ、落ちないようしっかり掴まっておけよ」

索敵に白い点と赤い点が大量に映り始めたので状況確認のため、走るペースを落とす。

「アンデッドはいないが、それでもまだゴブリンの数が多いな。バラバラにいるのも厄介だ」

集団でいる白い点は騎士たちだろう。一匹の大きな赤い点と無数の小さい赤い点と向き合っている。これは、リーダー級だな。その他にも散らばった白い点が見える。どの点が誰だか分かると便利なんだけどな。

ゴブリンの数と残っている白い点を見る限り、想像以上の健闘だ。

一つの白い点の周りで一気に五匹の赤い点が消える。これはライリーの可能性が高い。ライリーと思われる点に向け走る。


狙いの白い点まで到着して肩を落とす。

「ああ！　クソッ。リカルドかよ」

白い点は、ライリーではなくリカルドとオードだった。俺に気づいたリカルドが、素早く抱きついてくる。

「生きてたか！　俺の赤い粉！」

「俺は赤い粉じゃねぇ。離しやがれ、この変態が！」

リカルドを引き離し事情を聞くと、ライリーは怪我を負ったマチルダを担いで村に向かったそうだ。行き違いか。リカルドに尋ねる。

「マチルダの怪我は酷いのか？」

「酷い。オル爺でも治せない可能性がある」

「そうなのか……ミーナは？」

「聞こえないか？」

耳を澄ますと、甲高い笑い声で楽しそうに「死ね死ね」と聞こえる。索敵には、赤い点が次々と消えるのが見える。

「これ、ミーナなのか？」

「凶暴女だ」

リカルドが嫌そうに顔を顰《しか》める。オードも何か言っているが、相変わらず聞こえない。

「リツー！　生きてたー。リカルドがリツのことを心配してたよー」

ミーナがゴブリンの返り血を付けたまま、嬉しそうに両手を振る。リカルドが心配してたのは、ハバネロパウダーだろ？　この中で、まともな返答をくれそうなミーナに現在の状況を尋ねる。

「ゴブリンは後退してるかな？　ボスがリーダーの一匹を殺したし、騎士団もさっきから凄い勢いで爆発させてるから。でも、聞いていたゴブリンジェネラルはいなかったね」

「いや、それは俺が倒した」

「え！　本当に！」

ミーナが驚きながら大声を出す。ミーナだけでなくリカルドもオードも驚愕の顔だ。小さかったが、初めてオードの「おぅふ」と漏らした声が聞こえたような気がした。

三人にゴブリンジェネラルをアイテムボックスから取り出し披露する。リカルドがゴブリンジェネラルの臭《にお》いを嗅ぎ尋ねる。

「黒いな。本当にゴブリンジェネラルか？　今まで見たのよりはるかに大きい。見た目はゴブリンだが、黒いのは焼いたのか？」

「いや、初めから黒かった」

ミーナが鰹節を指差しながら尋ねる。

「ねぇねぇ。この肩に刺さっている棒は何？」

「なんでもない」

ゴブリンジェネラルに刺さっていた鰹節を抜きアイテムボックスに入れ、これからどうするかを三人に尋ねる。

「ジェネラルが死んだなら、こっちの勝ちだね」

「凶暴女、頭を使え。アンデッドがいただろ」

「リカルド、うるさい。この辺の敵は全部普通のゴブリンばっかりだったよ」

近くで再び爆発音が鳴る。索敵には先ほどまであったゴブリンリーダー格の赤い点が消えていた。騎士たちが無事に倒したようだ。統率を失った残りのゴブリンどもが森の奥に向かって逃げていくのが索敵に映る。これは、もうこちらの勝ちだと言っていいだろ。存在Aもこれ以上手駒はないと思いたい。

「ゴブリンども、最後のリーダーも倒されてバラバラに逃げていくぞ」

「リツ、見えてるの？　そんなスキルあったんだ！　それなら、もういいよね？　マチルダも気になるし、あたしは村に戻る」

ミーナがオードとともに村に向かい、リカルドと二人っきり……最悪だ。リカルドに告げる。

「俺は、負傷者を助けに行くが、リカルドはどうする。おい、リカルド？　どうした？」

リカルドが停止している……これは、アイツか！　辺りを見回し叫ぶ。

「ゴミ野郎、さっさと出てこいよ」

『失礼極まりないな、羽虫が』

木陰からゆっくりと存在Aが現れる。表情にはややイラつきが見える。

「このクソみたいなゲームは、お前の負けだろ？」

『今回……はね。ゴブリンが弱すぎで話にならなかったんだよ。困った、困った』

存在Aがヤレヤレと首を振りながら肩を竦める。アンデッドゴブリンまで出したくせに、負け惜しみだな。ガキめ。今回は、一人のようだ。

「女の子はどこだ？」

『女の子は――』

「女の子は？」

『羽虫、馬鹿だな。教えるわけないよね』

うっぜぇ。コイツと話しても無駄だな。リカルドを放置、その場を立ち去ろうと歩き出す。

『羽虫、薄情だな。お友達を置いて逃げるなんて』

「友達じゃねぇ。逃げてもねぇ。お前と話をしても時間の無駄なんだよ」

『言ってくれるね。そんな態度、いつまでできるかな。こっちには、カンナちゃんもいるんだよ。彼女がどうなってもいいの？』

足を止め振り向く。コイツ、なんでも使う気だな。だが、コイツは以前『魂を集めるのに苦労した』と漏らしていた。簡単に魂を集められるなら、わざわざ俺の魂を探し確認する必要なんぞなかった。また別の魂を回収しに行けばいいだけの話だ。だが、コイツは俺を探し回り自分の魂が奪われたと癇癪まで起こした。そんな奴が簡単に大切な魂に害を与えることはしないだろう。

「じゃあ、やってみろよ」

『は？』

「だから、どうなってもいいからやってみろって」

『羽虫……』

笑っていた存在Ａの顔が初めて歪んだ。この面を見ることができただけでもお釣りが来るな。

「なんだよ。羽虫様が聞いてやるから、言いたいことがあんなら早く言えよ」

『調子に乗るな！』

存在Ａから出た強い波動に押され、数メートル吹き飛ぶ。木に背中からぶつかり地面に倒れる。息するのがつれぇ。

「な……にしやがる」

『そうそう、そうやって地面を這って――』

急に静かになったので奴のいた場所を見るが、消えてやがる。また途中で去んのかよ……いや、もしかしたら存在Ａの意思ではないのか？　考えてみれば、毎回、話の途中だろうが急に消えやがる。体感的に滞在時間は三分か？

「どっかの宇宙人ヒーローかよ……それにしても、背中が痛《い》てぇ」

時間停止が解除され、リカルドが不思議そうに地面に四つん這いになっている俺を見下ろしながら尋ねる。

「リツ、何をしている？」

「なんでもねぇよ」

存在Aが三分しか滞在できない規約があるのかは不明だが、短い時間でも十分掻き回すので面倒な存在だ。可能なら二度と会いたくないが……存在Aは、そうはさせてくれないだろう。何か対策を練りたいが、何も浮かばない。

「いつまでその格好でいるのだ？」

ニヤつきながら出されたリカルドの手は取らず立ち上がる。キモイは俺の髪を握っていたようで、鑑定にも吹き飛ばされた時のダメージはないようだ。よかった。自分に治療とクリーンをかける。

索敵にこちらに向かう騎士たちが映った。

「リカルド、騎士たちがこっちに向かってくるぞ」

「心配するな。知り合いだ」

「本当か？」

「旧知の仲だ」

旧知の仲？　本当か？　こいつにまともな知り合いがいるのか？　騎士たちの姿が見える。鑑定をすると男の割合が多いが女騎士も何人かいる。青いマントに銀の防具には、たくさんの黒と緑の返り血が付いていた。

先頭には、以前鑑定したエドワード・ガウナーがいる。顔の防具を外した下は金髪交じりの赤毛と額の傷がワイルドな男だった。

リカルドが手を振ると、エドワードの隣にいた騎士が露骨に嫌な顔をした。

嫌われてんじゃねぇか！　だと思ったよ！

エドワードが、大きな声で俺たちに向け確認をする。

「冒険者か？　蒼騎士団団長のエドワード・ガウナーだ」

「冒険者パーティー、銀狼の剣、リカルドだ」

リカルドが返答するが、俺は冒険者ではない。面倒なので説明はせずに黙って過ごす。

合流したエドワードが、こちらの状況を確認する。

「東側の森にいたゴブリンは通常の奴だ。別の冒険者の報告では、ジェネラルは、リツという名の男が討ち取ったと聞いた。銀狼の剣は何か聞いてるか？」

「リツはコイツだ」

リカルドが俺の肩を掴みながら、何故か誇らしげに告げる。これは、新手《あらて》の嫌がらせか？

「お前がリツか？　お前は……村の入り口でアンデッドゴブリンを吹き飛ばしていた奴だな」

確かにあの時エドワードと目が合った気がしたが、あの距離から俺の顔まで認識できていないと思ったが、どうやらしっかり見えていたようだ。

「ああ、俺がリツだ」

「それだけ強い冒険者なら、名前を聞くと思うが……銀狼の剣の一員なのか？」

「いや、俺は冒険者ではない」

「ほぉ。冒険者ではないのか」

エドワードの眉が上がり、興味深そうにこちらを上から下まで観察する。リカルドが急に肩に手を回し言い放つ。

「リツは、粉の売人だ」

おい！　何言ってんだ、こいつ！　リカルドの手を払う。

「粉の売人とはなんだ？」

エドワードが訝しげな表情で問う。隣にいる騎士も警戒した顔つきに変わると、リカルドが再び口を開く。

「リツの粉は質の良い――」

「お前はもう黙れって」

リカルドの口にハバネロパウダーを入れ塞ぐ。こいつ、もう黙っておけよ。リカルドがハバネロパウダーを咀嚼しながら気持ちよさそうな顔を晒す。調味料の選択を間違えた。コイツには、ハバネロパウダーはご褒美にしかならない。

エドワードがさらに深く眉間に皺《しわ》を寄せこちらを睨む。隣にいるリカルドの知り合いだろう騎士は、ヘラヘラ笑うリカルドから目を逸らし嫌そうな顔をする。これ、相当嫌われてんな。

「それで、粉の売人とはどういう意味だ？　その赤い粉はなんだ？」

「誤解だ。俺はただの旅人で、この赤い粉は辛い調味料だ」

誤解を解くためにハバネロパウダーを見せると、エドワードが小指で粉を触り、舐め、すぐにむせる。

「な、なんだこれは？　口の中が痛くなるほどの辛さだな。これを売っているのか？　誰が買うのだ？」

「俺が買う！」

「リカルド、いいから黙っててくれ！」

リカルドがいると話がややこしくなる。

周囲を調べていたと思われる騎士が、エドワードへ報告に来る。

「団長！　ゴブリンは完全に撤退したと思われます」

「そうか。負傷者の救出を三隊に分かれて行え。重傷者から傷を癒すようにしろ」

「はっ」

騎士はすぐに号令を他の騎士に伝え、三隊に分かれ別々の方向へと散らばった。エドワードは、結局俺を旅の行商人と断定してそのまま話を進めた。

「それで、ゴブリンジェネラルの死骸はどの位置にあるのだ？　調査したいことがある」

「死骸なら持っているが、検証が必要なのか？」

死骸を持っているという言葉にエドワードの目が見開く。

「今回のゴブリンの発生や動きが通常と異なるのでな。ゴブリンジェネラルを見て判断したい。リツには、協力を願う」

丁寧な対応だが、俺に拒否権はなさそうだ。今回のゴブリンの件は決して俺のせいではないが、若干罪悪感はある。ゴブリンジェネラルをアイテムボックスから出すと、エドワードも側にいた二人の騎士も厳しい顔をした。

「大きいな……リツ、首はどこだ？」

「首は回収していない。殴り殺したので胴体から取れて落ちたのだと思う」

「そうか。この無数の穴はなんだ？」

「それは、最初の爆発で放った鉄の玉の攻撃で負傷した場所だな」

エドワードと騎士たちがゴブリンジェネラルの死骸を検分している間、先ほどから何故か背中に移動したキモイの相手をする。

「お前、なんで背中にくっ付いてんだよ」

キモイが腹辺りにそのまま移動する。すごい粘着力だな。どうやって引っ付いてんだよ。

「リツ、報酬は出す。この死骸を譲ってほしい」

エドワードに、報酬は金貨十枚出すと言われた。結構な大金だな。あんな物、いつまでもアイテムボックスに入れておきたくないしな。

「報酬が出るなら、喜んで譲る」

「交渉成立だな」

今、受け渡しをするのには驚いたが、無事に金貨十枚の入った小袋を受け取る。

金貨の一枚を袋から出してみる。金貨は、丁寧な造りだ。これでひと家族が何カ月も暮らせるという大金だ。貨幣の価値がいまいち分からないが、多いに越したことはないな。

エドワードが、頭に移動したキモイに視線を移し尋ねる。

「ところで、その頭の上の魔物はスライムであるな」

「ああ。キモイって名前の俺の……なんだろうな？」

「スライムが人に懐くのは初めて見たな。しかも目のある個体か。興味深い」

騎士団の中にも、今回の遠征にはいないが猿系の魔物に懐かれている騎士がいるそうだ。

「魔力が高い者に懐く傾向があるという。リツも魔力が高いのだろう。ますます欲しいな」

「欲しい？」

「騎士団にだよ」

嫌だ。

## 7　戦後処理

話が終わり、エドワードたちを見送りため息をつくと、リカルドが欠伸《あくび》をする。

「ようやく解放されたか、やれやれ」

「うるせぇ！　ややこしくなったのは、お前のせいだろ、リカルド」

エドワードには、しつこく騎士団への勧誘をされた。素性も根掘り葉掘りされ……とにかく面倒だった。最後には見かねたエドワードの部下の騎士が、今する話ではないと助け舟を出してくれ、ようやく解放された。

エドワードは俺の騎士団勧誘を諦めていない感じだったが、絶対に避けたい。騎士って軍のような規律がある組織だろ？　俺にはそんな場所で生きていく自信はない。

リカルドの奴は何食わぬ顔してハバネロパウダーをまぶした干し肉を咀嚼しながら、質問攻めに困る俺を傍観してやがった。リカルドを睨みつける。

「なんだ。リツも干し肉が欲しいのか？」

「そんな真っ赤な干し肉いらねぇよ。俺たちも早く重傷者を助けに行くぞ」

不本意ながら、リカルドとともに負傷者を探す。索敵で負傷者の場所は分かっている。薄くなっている白い点、助けるのはこれからだな。

点滅し始めた白い点のいる場所に到着する。

「リカルド、この下だ」

「見えないぞ。いや、岩にいるあれか」

傾斜になった場所の途中の岩の側に、滑り落ちただろう跡と血痕が見える。

岩の裏にいた村人を発見する。酷い怪我だ。鑑定をする。

【ジュール（36）】　瀕死　25

「『治療』『治療』『治療』」

再び鑑定をすると瀕死から重傷になったが、これ以上は治療できないようだ。傷口から流れていた血が止まっただけでも良かった。

「生き延びそうか？」

「分からない。これ以上は俺の治療ではどうにもならない」

重傷者の村人のジュールはリカルドが担ぎ、騎士団に連れていく。その後、一人で索敵に映った次の白い点へ向かう。

途中で地面に転がった死体に遭遇する。この世界ですでに何度も死体を見たが、無造作に転がったそれに胸が痛くなった。転がった死体をひっくり返すと知っている顔だった。

「ジェラルド……」

最初の遺体発見時に俺と一緒に顔を青くした村の青年だ。確か年はまだ十七だった。遺体は、汚れているが比較的外傷は少ない。どうやら傾斜で転んで首の骨を折ったようだ。ジェラルドの身体をクリーンして安らかに眠るよう手を合わせて、アイテムボックスに入れた。

◆　◆　◆

負傷者の捜索は夕方まで行われ、騎士団が森に野営地を設置した。野営地には多くの負傷者が運ばれた。現在発見された死者はジェラルドを含め五人だ。他の奴の索敵スキルは知らないが、俺の索敵に死者は表示されない。それに、今は死者より生きた者を優先する時だ。

野営地にはいくつかのテントが張られ、その周りを棒に付いた灯りが照らす。棒を鑑定すると、灯りの魔道具と出た。

野営地に漂う騎士団の炊き出しの匂いに腹が鳴る。エドワードが、皿を手にこちらへやって来る。今、俺は面倒な話はご免被りたい。

「リツ、羊のスープだ。いるか？」

「ああ、だが、騎士団勧誘の話ならやめてくれ」

「昼間は失礼した。今日はもうその話はしない」

今日は、か。何故かエドワードはそのまま隣に座り、無言で俺の食べる姿を見つめた。

「食べにくいんだが」

「はは！　申し訳ない。つい、興味深くてな。明日も忙しそうだ。このような状況だが、ゆっくり休んでくれ」

「ああ、そうする」


本当なら身体を休ませるべきだが、今日の出来事が頭を巡り眠れずにいた。

地面に直接寝転がって熟睡しているリカルドを眺める。よく寝てるな。冒険者だから慣れているのだろう。テントでは負傷者を寝かせ、負傷者以外で夜の見張りを交代予定だ。リカルドと俺の見張りの時間までは数時間ある。なんで、こいつと仲良しみたいに行動をともにしているんだ俺は……。

キモイが、足元で二回目の夕食のおねだりをする。

「お前、もう腹が空いたのか？　残りのワームでいいか？」

ビシッと蝕手を上げるキモイに、今日の食べ残しワームを与える。踊られると困るので粉砂糖は与えないが、キモイは大活躍だったので後で好きなだけ好物を与える予定だ。

そういえば、ステータスの二ページ目にお知らせがあったな。ステータスを開け、お知らせを押せばズラリと、今までのログが時系列で表示された。

最初のログの《転生しました》から文字化けアンデッドゴブリンの《繧ｴ繝悶Μ繝ｩ繧「繝ｩ繝?ャ繝を倒しました》など、戦闘歴、レベルアップ歴に、それにキモイをテイムしたことまでログされていた。便利なんだろうが、とにかく文字数が多い。今は、全部を読む気にならない。

存在Aの追加情報も特にないので、お知らせ機能は閉じる。

「なんのための機能だよ。相変わらず説明がないな。これを付けるならヘルプ付けろよ」

キモイは、食事が終わると膝上に乗って丸くなって寝た。キモイを撫でながら、これから村はどうするのだろうかと考えていると、索敵に変な動きをしている白い点が映った。

距離は五十メートルほど先か？　一つの白い点を残り二つが囲んで行き先を阻んでいるようにも見えなくないが……。厄介事は勘弁してほしいが、気になるのでこっそり件の白い点の場所へと向かう。


現場に到着すると男女の揉めている声が聞こえた。騎士の男二人と女だ。

「平民のくせにお高くとまるなよ」

「団長に報告しますよ」

「下っ端のくせに生意気だな」

やはり厄介事か。騎士の清廉潔白《せいれんけっぱく》とは夢物語だな。戦場やらは、必ず興奮を抑えきれない輩が付き物だ。男二人で女を囲んで何してんだよ。

「やめてください！」

おいおい。あの右側の騎士、女騎士にピッタリと引っ付いてやがる。騎士姿の女の子に欲情する気持ちは分かるが、同意は重要だ。同意がないのはただの痴漢だろ。さて、どうするかな？　騎士と問題事を起こすのは避けたいな。

アイテムボックスから、ゴブリンジェネラルに刺さっていた鰹節を手に取り遠くへ投げる。鰹節は、木に当たりカコンと暗闇の静かな中でよく響いた。

騎士たちは、三人ともすぐさま戦闘態勢に入り、辺りを警戒した。

「敵か！」

騎士が一人、音のした場所に向かった隙に茂みから顔を出す。暗闇なので、俺の姿は見えないだろう。俺も向こうの顔は見えないが、鑑定はできる。声のトーンと喋り方を変え、話しかける。

「騎士様方」

「誰だ！」

「見回りをしてたのですが、何か物音がして。魔物でしょうか？」

「今、調べている。ここは、騎士の私たちが対処する。お前はもう行っていいぞ」

鑑定で騎士たちの名前はすでに把握済みだ。

「そちらは、騎士のエラ様ですか？　団長様が探していましたよ」

「え？」

「はい。急用かもしれません。すぐに報告に来るようにとのことでした」

「す、すぐに向かいます」

女性騎士のエラは、安堵のため息を漏らし野営地へと向かう。俺も持ち場へ戻ると伝え、その場を去る。セクハラ騎士どもは舌打ちをしたが、そのまま周囲の警戒に向かった。

やれやれ。穏便に済んで良かった。

元のいた場所に戻ると、リカルドは……一ミリも動いていない。完全に熟睡しているな。俺も木を背中に腰をかけ、目を閉じるとすぐに眠りについた。

◆　◆　◆

早朝まだ暗い中、リカルドに起こされた。野営地の見張りの交代の時間だ。寝起きは最悪だ。主にリカルドの幼稚な起こし方のせいでだが。

「リカルド、起こしてくれるのはありがたいが、別の起こし方はなかったのか？」

「いつもの起こし方だ」

「嘘をつくな！」

コイツ、小学生なのか？　今朝、リカルドが寝ている俺の顔を草でイジったので、顔を手で拭うと、手にベッタリと付けられた泥で顔中が汚れて目が覚めた。リカルドが手に泥を付けたとしか考えられない。お前は何歳なんだよ！　ライリーは、どうやってこいつを制御しているんだ？　行動が理解不能のうえに発言が毎回唐突すぎる。コイツと行動するのも今日が最後だと思いたい。

キモイがピョンピョンと飛び跳ねアピールをする。リカルドを無視して、キモイを撫で抱き上げるとリカルドがキモイに触ろうとした。

「キュイ！」

小さな声が聞こえると、キモイはリカルドに向け盛大に水噴射をくらわした。水を被ったリカルドがキモイに飛びかかろうとするので手加減なしに蹴る。

「やめろ。キモイに触るな」

全身に水を被ったリカルドの姿で俺の心は清々《すがすが》しい気持ちになる。上機嫌でキモイに尋ねる。

「飯が欲しいのか？　今、出してやる」

フォレストクロウを与え、キモイの身体を確認する。昨日は一回り大きくなったと思ったが……。

「お前、サイズ戻ったな。まぁ、軽くなる分には文句はないが」

鑑定する限り、おかしなところはないから大丈夫だろう。キモイには勝手な水攻撃はリカルド以外は禁止だと教える。


濡れたままのリカルドは放置して夜中の見張り番と交代する。索敵があるので移動する必要はないが、見回りをしている素振りをする。

野営地の見張りの途中、朝日が昇る。辺りが明るくなると、森の至る場所に昨日の戦闘の傷が現れた。無論、昨夜は暗くて分からなかった大勢の負傷者も視覚に飛び込んできた。剥き出しになった人の肉が生々しく、朝食を食べていないことに感謝した。

「酷いな」

「騎士団や俺たちが間に合わなかったら、今頃、村はなかったな」

いつの間にか隣にいたリカルドは、惨《むご》たらしい光景に慣れているのか真顔で言う。

騎士団が、集めたゴブリンの断片を一カ所に集め火を放つ。朝から、醜《しゅう》怪《かい》な生物が燃やされる光景など誰が見たいんだよ。

「これから、村に負傷者を運ぶ。動ける者は手伝ってくれ」

エドワードが人を募る。今日のエドワードは、昨日とは違い動きやすい軽装の騎士の装いだ。アイテムバッグから出したリヤカーのような物に騎士が負傷者を乗せ始める。村まで距離は遠くないが、森の中でリヤカーを引っ張るのは一苦労だ。

「ん？　リカルド、どこ行った？」

先ほどまで隣にいたリカルドが消える。トイレか？　索敵に離れていく白い点が一つ見える。リヤカーの近くから、エドワードが大声で俺を呼ぶ。

「リツ！　この中で力の強そうなお前に頼むぞ！」

あ、リカルドの奴、逃げやがったな！　全員の前で騎士団長に指名されたら、断れるわけねぇだろ！　怪我人を運ぶのだからやるが、リカルドの奴……。

「リツ、行けるか？」

エドワードが俺の肩を叩き、やけにキラキラした目を向けてくるのが気になる。

「ああ……」

「騎士も一人付けるから、よろしく頼む」

エドワードが、次の便のリヤカーを誰に頼もうかと辺りを見渡し始めたので大声で言う。

「俺と同等に力の強いリカルドがいる！　用を足しに行ったが、これで誘き寄せられるぞ」

眉を寄せるエドワードに、ハバネロパウダーの袋を渡す。

「そ、そうか。助かる」

リカルド、逃げられると思うなよ。


負傷者が三人乗せられたリヤカーの手持ちを握り引く。想像より軽いな。これなら村まで余裕だな。

後ろを振り向くと、昨晩絡まれていた騎士のエラがリヤカーを後ろから押していた。途中、エラは邪魔な障害物も躊躇なく持ち上げ、除去していく。力持ちだな。何かのスキルだろうか。これなら、昨日の絡まれていたのも別に助けは必要なかったかもな。

障害物の除去が終わったエラと目が合うと礼を言われた。

「昨日は助けていただき、ありがとうございました。私、蒼騎士団のエラと申します」

「なんの話だ？」

「昨日、他の騎士に絡まれていたところを助けてくださいましたよね？」

なんでバレた？　暗闇で見えなかったはずだが？　シラを切ろうとしたが、確信を持って再びエラに深々と礼をされた。

「はぁ。上手く誤魔化したと思ったが、バレていたか」

「あ、声色は完璧でしたよ。ただ、私のスキルは暗闇の中でも見えるので……」

「丸見えだったってことか、恥ずかしいな。スキルのことは秘密だが、教えていいのか？」

「夜目《よめ》のスキルは、大した物ではありませんから」

エラの持つ夜目のスキルは、その名の通り暗闇の中でも昼間と同じように見えるというものだった。無論、エラは昨晩のことをエドワードに報告済みだという。

エドワードのあのキラキラした目はこれのせいだったか。

村の入り口に到着すると、入り口の手前はアンデッドゴブリンの黒っぽい緑の血の跡が広がっていた。アンデッドゴブリンはすでに焼かれた後のようだが、気持ちの悪い臭《にお》いが全体に漂っている。入り口にいた騎士はこちらに気づくと手招きをした。

「負傷者か？　こっちだ」

負傷者を集めた場所に案内され、準備されたシーツの上に一人一人を横にする。

シェルターにいただろう村人が負傷者の世話をしているが、全員が憔悴《しょうすい》した表情だ。

誰かに背中を急に叩かれ、肩に手を回される。

「リツ！　この野郎、生きていたか！」

ライリーだ。無事とは聞いていたが、生身の姿を見て無事を確認するのとは気持ちが全く違うな。

「ライリーもな、マチルダは？　怪我をしたと聞いたが？」

ライリーの表情が急に暗くなり、言い難そうにマチルダの無事を告げる。

「ああ……マチルダも生きてはいる」

「リカルドが言っていたが、マチルダの怪我はオル爺でも治せないのか？」

「そうだな……完全には無理だな」

「そうか……」

実際、オル爺のスキルの威力は知らない。だが、パーティーには信用されているヒーラーだ。そのオル爺が、完全に治せないという。

「リツ、そんな暗い顔すんな。まだ意識はないが、マチルダに会っていくか？」

「ああ……」


騎士団の準備していたテントの一つに向かう。マチルダは意識がなく、他の重傷者数人と血が滲むシーツが敷かれた地面に横たわっていた。隣には、疲れた表情で座るオル爺もいた。

マチルダの状況を見て声に詰まる。右腕は、肘下から完全に切断されていた。破れた服にも血の跡があるが、その傷はオル爺が治したようだ。鑑定には、重傷と出ているが、これの基準もよく分からない。これは瀕死の怪我だと思うが……。

マチルダの切断された腕を見ると、切断された腕の傷口もほぼ塞がっている。オル爺、実は凄いヒーラーなんじゃないか？　俺たちに気づいたオル爺が顔を上げる。

「リツか。無事であったか」

「オル爺、凄いな」

「ワシができるのは、ここまでだ。なくなった腕を生やす芸当はない」

命があるだけでいいとは言うが、冒険者に利き腕がないのは死活問題だ。これは、俺のせいではないとは頭では分かっている。悪いのは存在Aだ。分かってはいるのだが……罪悪感で胸がいっぱいになる。俺がこの村を訪れなければ、存在Aも余計な手出しはしなかったはずだ。途中で遺体となって発見したジェラルドやこの戦いで死んだ者の顔が頭を過《よぎ》る。

言葉を発せないでいる俺に、背後からライリーが声をかける。

「大丈夫か？」

「あ、ああ」

「リツ、いつの間にマチルダを気にかけるようになったのだ？　苦手だと思っていたが？」

「心配くらいするだろ？　これからのマチルダのことを思うと……」

「悪い悪い。心配すんな。腕を治すことはできっから」

「は？」

ライリー、何を言っている？　と思ったが……金さえ出せば、この世界では切断された四肢をポーションで生やすことができるという。

「じゃあ、なんであんなこの世の終わりみたいな顔してやがったんだよ！」

隣にいるライリーをジロリと睨む。

「意識が戻ってねぇ。それに、治せると分かっていても腕がねぇのはショックだろ？」

「そうだが、紛らわしいんだよ」

「まぁ、治すのには、金貨五十枚かかるがな」

「金、あんのか？」

「マチルダのおかげで、パーティーの儲けは意外とあんだよ。ギリギリだがな」

それならいいが。金貨五十枚っていくらだよ？　さっき、騎士団にもらったのが金貨十枚だ。あんな化け物をあと五回も倒さないと手に入らない額かよ。

「それで相談だが、リツ、冒険者にならないか？」

嫌だ。死亡率が上がる職業は嫌だ。

「リツ、なんだよその顔は。そんなに冒険者は嫌か？」

「死ぬ可能性が高くなりそうだからな」

騎士も冒険者も死亡への階段を上がるだけだろ、いや、階段じゃない。死のエレベーターだ。エレベーターから落ちるのは一回で十分なんだよ。記憶の中で俺がエレベーターから落ちて死んだのは、ほんの数週間前のことなんだよ。身体は造り替えられ、エレベーターから落ちた後遺症があるわけではないが、死ぬ間際の記憶ははっきりと覚えている。

ああ。そうだ。俺はまた死ぬのが怖いんだよ。悪いか？

「まぁ、危険と隣り合わせの職業には違いない。だが、これからどうすんだ？　リツは、この国の出身じゃねぇだろ？」

「まぁ、そうだが」

ライリーとは以前、身分証についての話をした。この国のことを何も知らないから、質問していた時に出てきた話題だ。

リスタ村のような小さな村なら問題はないが、大きな街に入るには身分証がいるそうだ。身分証なしなら宿を探すことすら厳しいと言われた。その身分証を得るには保証人が必要だが……それは金で買えるそうだ。冒険者になれば、保証人は冒険者ギルドになる。冒険者ランクにより依頼を受けずに保有できる身分証の期間が違うという。だが問題なのは、Cランク以上の冒険者には、緊急時強制的な徴集があることだ。

簡単には決められないな。

「薬草採りでも定期的にやっておけば、身分証は維持できるが。実力があるのだから、若いうちに稼いだほうがいいぞ」

「考えておくよ……」

「無理強いはしねぇがな。お前が冒険者になるなら、俺たちのパーティーに入らないか？」

ライリーには怪我をしたマチルダの穴埋めが欲しいと言われた。索敵ができるメンバーが必要なのだろう。マチルダの腕を生やすポーションは、南部最大の街ファレンスまで行かないと手に入らないそうだ。ファレンスはここから馬車で一週間、冒険者登録のできる場所、ライリーたちの拠点のバールと呼ばれる街までは馬車で一日の距離だ。

現実的に考えれば、冒険者になるのは都合がいい。騎士より自由であり融通が利く。俺に合っているのは確か。存在Aの嫌がらせもこれが最後でないことは理解している。そのためのレベルアップも必須だ。だが、少しは考える時間が欲しい。死のエレベーターから少しでも足掻《あが》かせてくれ！

「ライリー、少し、考えさせてくれ」

「そうだな。よく考えて返事をくれ」

「ああ、分かった」

ライリーが思い出したかのように問う。

「そういえば、リカルドの奴はどこだ？　リツと一緒だと聞いたが？」

「リカルドなら、絶賛、騎士団に奉仕中だ。たぶんな」

「リカルドが？　本当か？」

ライリーが首を傾げながら不思議な顔をする。リカルド、信用なさすぎだろ。あの性格ならそれも仕方ないが。エドワードほど押しが強ければリカルドも手伝いから逃げられないだろう。リカルドが困る姿を想像してクッと笑うと後ろから大きな声がした。

「リツお兄ちゃん！」

ジョスリンだ。スキルの大声が活躍してるな。あんなに遠くにいるのに、すぐ近くにいるかのような声だ。隣には、メアリーもいる。無事が確認できて良かった。

キモイが二人に触手を揺らす。ジョスリンとはシェルターにいた間、挨拶することができるくらいは仲良くなったようだ。ジョスリンが、こちらに走ってそのまま抱きついてくる。

「うおっ。元気そうだな」

「リツお兄ちゃんも！　キモイちゃんも！」

急に俺に抱きついたことをメアリーに怒られたジョスリンは、頬を膨らませながら脚にしがみついていた手を離す。

「メアリーも無事で良かった」

「リツさんも。あの……ゴブリンジェネラルを倒したと聞いたわ。本当、なんとお礼を言っていいか分からないわ」

「いや、まぁ、自分の安全のためでもあったからな」

「それでも、本当にありがとう」

なんだか面と向かってメアリーに頭を下げられると照れ臭い。

「頭を上げてくれ。それより、カイラは大丈夫か？　脚を斬られたと聞いた」

「ええ。騎士の治癒スキルに感謝だわ。数日もすれば問題なく歩けるそうよ」

それは良かった。村の内部の被害はさほどなく、多くの村人はすでに自宅で過ごしているそうだ。

重傷者の数や死亡者の数はまだ全て把握されてないそうだが、今日の時点で村にいない者は死亡した可能性が高いとメアリーが悲しそうに言う。遺体の見つからない者は、食われた可能性もある。

ジェラルド青年の遺体と途中で発見した遺体は、騎士団に引き渡した。ジェラルドの家族が誰か分からないが、まだ若い遺体と対面しなければいけない家族のことを考えると胸が痛くなった。

◆　◆　◆

数日後、騎士たちが街へ戻る日になった。

騎士たちはこの数日、怪我人の回復や壁の修復、ゴブリンの残党狩りと村の復興に力を注いだ。

騎士たちを村人の多くが壁の外へ見送りに来た。騎士の援軍のおかげで村人や冒険者の死亡数は半減したと思う。それでも村人は二十人、冒険者は半数以上帰らぬ人となった。

騎士の中心にいるエドワードが俺に手を振りこちらへやって来る。

「リッ！　今回のお手柄、領主様にも報告する予定だ。騎士団への誘いを断られたのは残念だが……まぁ、また会う機会がありそうなので、その時は粘るぞ」

「いや……粘られても」

「それで、国外から来たリツは、この国ではまだ身分証がないと聞いた。今回の功績もある。これを渡しておく」

タイピンに宝石が付いたような物をエドワードから受け取る。

「これはなんだ？」

「これがあれば、バルバロス辺境伯様の治める領地であれば身分証がなくとも入れる。どこかの街の適当なギルドで身分証を作れ。それまでこれは預かっていてくれ」

「……見返りとか求められても無理だぞ」

「これは、そんな物ではない」

「分かった。預かっておく」

結局、また会う口実を作られたな。まぁ、街に入ることができるこのタイピンはありがたい。

エドワードに礼を言うと旅路の安全を祈っていると返された。別れの挨拶をしてその場を離れたエドワードが足を止める。

「おお。そうだ。忘れていたが、これはリツのだろう。私の騎士が世話をかけた」

エドワードに渡されたのは、騎士のエラをセクハラから助けた時に使った鰹節だ。ところどころにゴブリンジェネラルの乾いた血が付いている。捨てても帰ってくる呪いの鰹節だな。

苦笑いをしながら鰹節を受け取ると、エドワードの率いる騎士たちはリスタ村を出立した。

「リツお兄ちゃん、お昼は村でババードの丸焼きをするって言ってたよ」

「そっか。美味そうだな」

俺も少ししたらこの村を出立する予定だ。存在Aのことがあるので一カ所に滞在するのは迷惑をかけると分かっている。

存在A、マジで迷惑な奴だ。


『羽虫がいい気になるなよ』


急に耳元で響いた声に後ろを振り向くが誰もいない。気のせい……なのか？　不穏な寒気に身体を揺らす。

「リツお兄ちゃん、どうしたの？」

「いや、なんでもない」

キモイが頭の上でポンポンと飛ぶ。

「なんだよ。お前も食いたいのか？」

「キモイちゃんは粉砂糖だよね」

「キュイ」

「手上げんじゃねぇよ」

そんな話をしながらジョスリンと一緒に手を繋ぎ、リスタ村へと戻った。

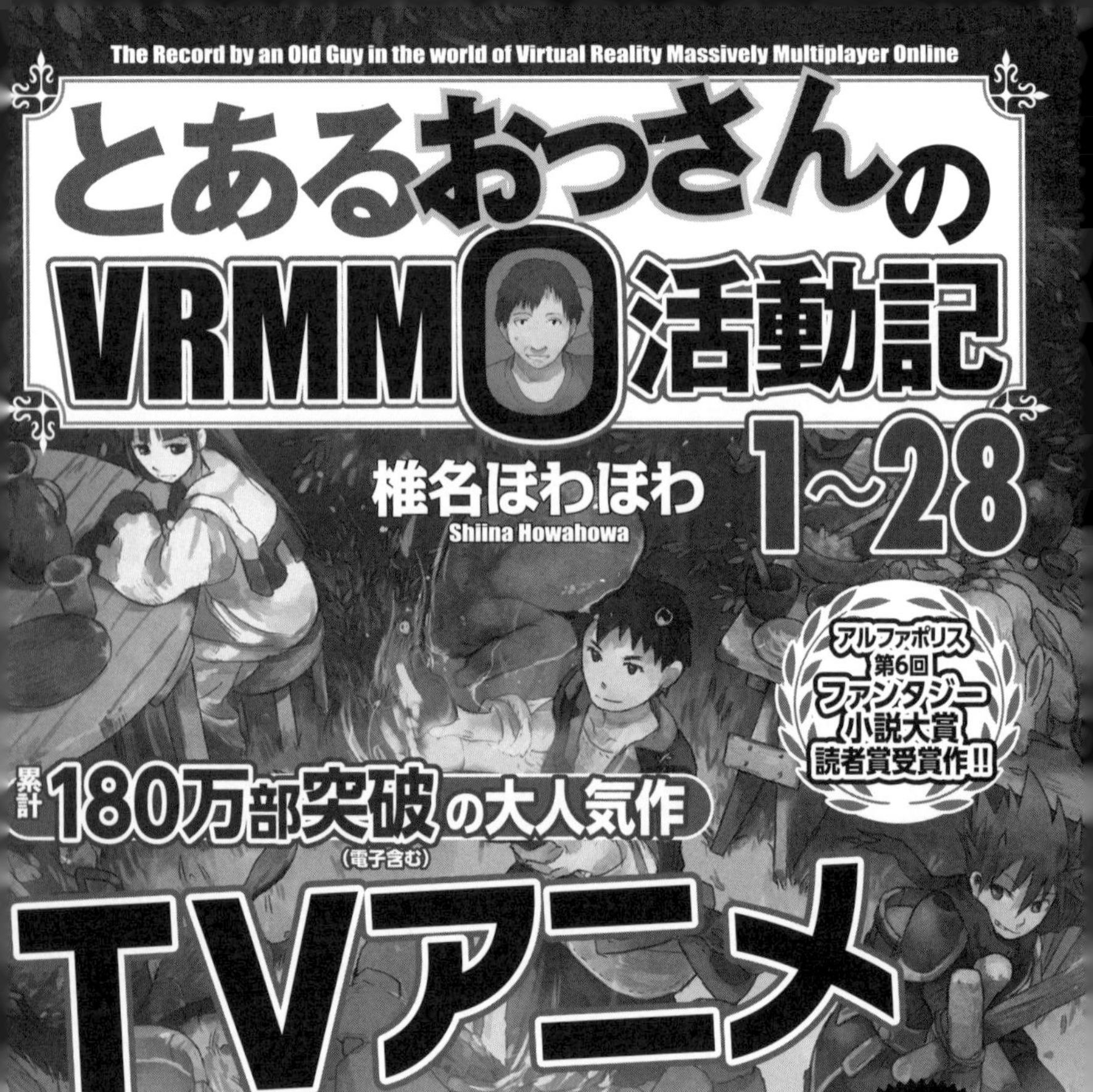

超自由度を誇る新型VRMMO「ワンモア・フリーライフ・オンライン」の世界にログインした、フツーのゲーム好き会社員・田中大地《たなかだいち》。モンスター退治に全力で挑むもよし、気ままに冒険するもよしのその世界で彼が選んだのは、使えないと評判のスキルを究める地味プレイだった!
——冴えないおっさん、VRMMOファンタジーで今日も我が道を行く!

**1〜28巻 好評発売中!**

漫　画：六堂秀哉　B6判
各定価：748円(10%税込)

**アルファポリスHPにて大好評連載中!**

アルファポリス 漫画　検索

各定価：1320円(10%税込)　illustration：ヤマーダ

月が導く異世界道中
Tsukiga Michibiku Isekai Dochu
あずみ圭
Azumi Kei
1~18
8.5
シリーズ累計
350万部
(電子含む)
の超人気作!
TVアニメ 第2期
2024年1月から
2クール
放送決定!
月が導く異世界道中
あずみ圭
なんでだろう 親の都合で異世界へ
成り上がりファンタジー、開幕!
読者賞受賞作!
待望の書籍化!
異世界へと召喚された平凡な高校生、深澄真。彼は女神に「顔が不細工」と罵られ、問答無用で最果ての荒野に飛ばされてしまう。人の温もりを求めて彷徨う真だが、仲間になった美女達は、元竜と元蜘蛛!? とことん不運、されどチートな真の異世界珍道中が始まった!
月が導く異世界道中
1
あずみ圭
木野コトラ
シリーズ累計
29万部
とことん不運、されどチート!!
2期までに
原作シリーズもチェック!
●各定価:1320円(10%税込)
●illustration:マツモトミツアキ
1~18巻好評発売中!!
漫画:木野コトラ
●各定価:748円(10%税込) ●B6判
コミックス1~12巻好評発売中

この作品に対する皆様のご意見・ご感想をお待ちしております。
おハガキ・お手紙は以下の宛先にお送りください。

【宛先】
〒150-6008 東京都渋谷区恵比寿 4-20-3 恵比寿ｶﾞｰﾃﾞﾝﾌﾟﾚｲｽﾀﾜｰ 8F
（株）アルファポリス　書籍感想係

メールフォームでのご意見・ご感想は右のＱＲコードから、
あるいは以下のワードで検索をかけてください。

アルファポリス　書籍の感想　検索

ご感想はこちらから

本書はWebサイト「アルファポリス」（https://www.alphapolis.co.jp/）に投稿されたものを、改稿、加筆のうえ、書籍化したものです。

# スキル調味料《ちょうみりょう》は意外《いがい》と使《つか》える

トロ猫（とろねこ）

2023年11月30日初版発行

編集－佐藤晶深・芦田尚
編集長－太田鉄平
発行者－梶本雄介
発行所－株式会社アルファポリス
〒150-6008 東京都渋谷区恵比寿4-20-3 恵比寿ｶﾞｰﾃﾞﾝﾌﾟﾚｲｽﾀﾜｰ8F
TEL 03-6277-1601（営業）　03-6277-1602（編集）
URL https://www.alphapolis.co.jp/
発売元－株式会社星雲社（共同出版社・流通責任出版社）
〒112-0005 東京都文京区水道1-3-30
TEL 03-3868-3275
装丁・本文イラスト－星夕
装丁デザイン－AFTERGLOW
印刷－中央精版印刷株式会社

価格はカバーに表示されてあります。
落丁乱丁の場合はアルファポリスまでご連絡ください。
送料は小社負担でお取り替えします。

ISBN978-4-434-32938-8　C0093